30대 딸과 60대 아빠, 7년 차 여행 콤비의 청춘 일기

아빠도
여행을
좋아해

30대 딸과 60대 아빠, 7년 차 여행 콤비의 청춘 일기

아빠도
여행을
좋아해

이슬기, 이규선 글·사진

BM 성안당

머리말

세상의 모든 아빠와 딸에게 드리는 편지

Time flies and never returns. 시간은 흘러 다시 돌아오지 않지만
Memory stays and never departs. 추억은 남아 절대 떠나가지 않
는다.

그렇다.
이 글은 뻔한 이야기이다.
아빠와 딸의 사소한 일상 이야기가 전부일지 모른다.

하지만 우리의 이 이야기가 당신의 딸에게, 당신의 아버지에게
한발 다가가도록 하는 무언가가 된다면, 그것만으로도 충분하다.
정말 필요한 것들이 점점 결핍되어 가는 이 세상에서 말이다.

먼 훗날
길을 걷다가 불현듯이
바람에 실려 오는 시원하고도 따뜻한 향을 잠시 눈을 감고 킁킁거
릴 때
눈물이 살짝 맺히고 살며시 미소 짓게 하는
그런 추억 중 하나가

내가 제일 사랑하는 아빠와의
내가 제일 사랑하는 딸과의
사소하고도 사소한 서로만 들었던 비밀 이야기였으면,
아는 잠버릇이었으면,
느꼈던 마주잡은 손의 뜨거운 온기였으면.

그 정도만 있다면
그것이 내 아이에게, 내 아이의 아이에게
여름날 저녁 밤 지겹도록 듣고 들려줄 수 있는 이야기라면 참 좋겠다.

누군가에게
힘이 되었으면 하는 마음으로,
저만치 치워두었던 생각과 꿈을 끄집어내고 싶은 바람으로,
혹은 새로운 꿈을 꾸었으면 하는 욕심으로,
그리고
내 사람들과의 사랑만큼은 풍족하길 바라는 간절한 소망을 가지고,
또 다른 시작을 하고자 한다.

아빠,
행복하자, 잘 살자.
아빠, 우린 춤을 추자.

꿈 많은 아빠와 딸의 꿈같은 여행 이야기의 시작을 알리며,
댄싱 위드 파파, Dancing with PAPA.

차례
CONTENTS

바르셀로나 Barcelona

산티아고 Santiago

스위스 Switzerland

이탈리아 Italy

체코. Czech

오스트리아 Austria

운수
좋은 날

***

나는 심각한 길치다.

아빠에게는 지도를 보지 않고 돌아다니는 것이 '여행의 미학'이라고 큰소리쳤지만, 솔직한 이유는 아무리 봐도 내가 어디에 있는지, 어디로 가야 하는지 알 수 없기 때문이다. 그래서 나는 아주 오래 전에 지도 읽는 노력을 포기해 버렸다.

프랑스의 남부 도시 니스에서 바르셀로나에 도착한 후 민박집 홈페이지에 나온 대로 지하철역 밖까지 나왔는데, 그 다음이 문제였다. 어깨를 짓누르는 무거운 가방, 한낮의 뜨거운 열기는 지도 해석을 암호 해석보다 더 어렵게 만들었고, 결국 우리는 같은 자리에서만 한 시간째 빙글빙글 돌고 있었다.

이런 내가 답답했는지 아빠가 지도를 넘겨받았다. 그런데 아빠도 나와 크게 다르지 않았다. 지도를 이리저리 돌려보며 현재 위치만 찾으면 모든 게 해결된다더니……. 5분도 안 돼 자신만만했던 모습은 사라지고 길 잃은 강아지 표정으로 바뀌었다.

길치 DNA가 어디에서 나왔는지 궁금했는데, 오늘에서야 비로소 알았다.

겨우 민박집 홈페이지에서 보았던 숙소의 분홍색 간판을 찾았다.

반가운 마음에 초인종을 누르니 4층에서 주인인 듯한 남자가 난간으로 고개를 내밀고 1층에 서 있는 우리에게 뭐라고 소리를 질렀다. 떨떠름한 기분으로 일단 좁아터진 승강기를 탔는데, 마치 정어리캔이 된 기분이었다. 4층에 겨우 도착했지만, 주인은 가방을 내리지 말라고 손사래를 치더니 한술 더 떠서 들어오지 말라며 현관문까지 닫아버렸다.

우리는 매우 화가 났다. 미리 예약을 하고 숙박비까지 모두 지불한 상태였기 때문이다. 무엇보다 우리는 다시 숙소를 찾는 데 체력과 시간을 허비할 수 없었다. 게다가 FC바르셀로나 홈구장에서 열리는 챔피언스리그 축구 준결승까지 있는 상황에서 숙소를 찾기 힘들 것이라는 직감이 들었다. 결국 아빠는 차분한 목소리로 주인에게 말을 건넸다.

"바르셀로나는 평생 한 번 올까말까 한 곳인데, 첫인상부터 좋지 않게 대하면 나머지 일정이 즐겁겠소? 나갈 때 나가더라도 이유를 알려줘요. 적합한 이유라면 들어줄 테고, 아니라면 당장 사과하세요."

주인은 한숨을 내쉬며 말을 이었다. 최근 산티아고에서 넘어온 손님들이 베드버그(bedbug, 빈대의 일종)를 옮겨와 근처 숙소가 문을 닫는 일이 생겼는데, 우리가 산티아고에서 온 것 같아 들어오지 못하게 했다고 설명했다.

나는 기차표를 보여주며 프랑스에서 오는 길이고, 산티아고는 다음 목적지라고 이야기했다. 하지만 숙소 주인은 이미 이렇게 되어버렸고 머무는 동안 서로 기분이 안 좋을 수 있으니 나가는 것이 좋겠다고 했다. 아빠와 남자의 대화가 계속되는 동안 재빨리 숙소를 검색해 보았지만 모두 만실이었다. 아빠에게 이곳에 머무를 수밖에 없을 것 같다는 신호를 손짓과 눈썹에 담아 보냈다.

"사장님이 오해하고 우리를 문전박대했으니 먼저 사과하세요. 그리고 숙소 찾는 시간을 허비하게 한다면 부당하게 당한 내용을 유럽여행 커뮤니티 카페에 올릴 겁니다."

타협과 협박이 계속 이어졌다. 다행히 우리는 정중히 사과를 받고 숙소로 들어왔다. 집은 깨끗했지만, 역시 지내는 동안 미묘한 냉기가 흘렀다. 서로 마주칠 때 미소를 지었지만 어색한 표정은 숨길 수 없었다.

늦은 점심, 우리는 근사한 레스토랑에서 점심을 먹기로 했다. 그런데 숙소 문제를 해결했더니 이제는 레스토랑이 말썽이다.

들어올 때는 눈웃음까지 보냈는데 자리에 앉으니 눈을 마주치는 종업원이 없었다. 밥을 먹으라는 건지, 옆 테이블의 식사만 구경하다 나가라는 건지……. 요리가 나오는 시간도 너무하다 싶을 정도로 오래 걸렸다. 설상가상으로 애피타이저부터 메인 요리와 디저트까지 정말 맛이 없다. 스테이크는 너무 퍽퍽해 맥주 없이는 삼킬 수 없었고, 정체 모를 디저트는 너무 질겨서 뜯다가 이가 빠질 뻔했다.

하지만 이게 끝이 아니었다. 그날의 하이라이트는 람블라스 거리의 보케리아 시장을 배경으로 사진을 찍고 있을 때 발생했다. 거리를 급하게 뛰어가던 사람이 내 손을 쳤는데 내 손에 있던 카메라가 공중으로 날아가버린 것이다. 슬로 모션으로 바닥을 향해 곤두박질치던 카메라는 더 이상 전원 스위치가 켜지지 않았고, 내 손을 친 사람은 어디로 갔는지 보이지도 않았다. 부서진 카메라를 이리저리 살펴보던 아빠는 그 와중에 현진건의 소설 '운수 좋은 날'에서 주인공이 죽은 부인을 보며 "설렁탕을 사왔는데 왜 먹지를 못하니."라고 말하는 대사를 패러디했다.

이곳까지 왔는데 왜 찍지를 못하니.
어쩐지 여행이 너무 순탄하게 흘러가더라.

그날 밤, 바르셀로나의 여행 신은
나에게 감기와 몸살까지 선물로 안겨주었다.
앞으로 무척 험난한 바르셀로나 여행이 예상된다.

청춘

***

콜럼버스가 손으로 가리키는 길을 향해 걸으면 지중해가 보이는 바르셀로네타(Barceloneta) 해변이 펼쳐진다.

해변을 따라 조깅하는 사람, 스케이트보드를 타는 학생, 개와 함께 산책하는 사람들이 지나가고 우리도 그 속으로 걸어 들어간다.

늦은 오후의 나른함이 온몸으로 퍼져나간다. 누가 먼저라고 할 것도 없이 자연스레 입에서 감탄사가 튀어나왔다. 그리고 '아빠가 20대 때 말이야.'로 시작하는 20대 청년 이규선의 이야기가 시작되었다.

젊은 시절, 아빠는 군대에서 만난 음악을 하는 친구들과 '불무리회'라는 모임을 만들고 회장까지 맡았다며 어깨를 으쓱였다.

"불무리! 멋있지 않아? 강렬하게 타오르는 느낌과 함께 달무리처럼 은은하면서 따뜻한 느낌이 20대의 청춘을 대변하는 단어 같잖아!"

불무리회에서는 주말이면 다방을 빌려 '1일 찻집'을 열었다고 한다. DJ가 히트 친 팝송과 가요를 선곡해서 틀고, 입담 좋은 사회자가 나와서 사랑의 메신저 게임을 진행했는데, 매번 찻집 티켓이 매진될 만큼 반응이 뜨거웠다고 한다. 한 번 온 사람들은 다음에는 꼭 친구를 데리고 올 만큼 불무리회를 좋아하는 팬들이 생겼고, 아빠가 다니던 은행의 대리 누님들은 "이 주임, 티켓 나오면 우리에게 먼저 팔아야 해."라고 부탁하면서 커피도 가져다주었다고 한다. 그때나 지금이나 사랑과 음악은 모든 청춘의 피를 끓게 만드나 보다.

불무리회는 꽤 오랫동안 사교의 장이 되었고, 그곳에서 만나 결혼한 사람도 많다고 했다. 절대 그 사람하고는 눈도 마주치지 않겠다고 큰소리친 것이 무색하게 MT에서 한밤중에 사라지곤 몇 달 뒤 결혼했다는 커플 이야기, 연상의 여인에게 반해 상사병에 걸려 시름시름 앓아누운 친구를 도와주어 결국 결혼에 성공했다는 커플 이야기 등 흥미진진한 남의 연애사를 실컷 들었다.

불무리회의 연애사보다 더 낭만적인 이야기는 따로 있었다. 불무리회의 모든 수익금은 불우이웃돕기 성금으로 냈다고 했다. 그것도 익명으로 말이다. 젊었을 때는 돈도 항상 부족하고, 쓰고 싶은 곳도 많았을 텐데 어떻게 그럴 수 있었는지 아빠에게 물어보았다.

"그냥, 그러고 싶었어. 다들 그냥 그렇게 하고 싶어 했어."

무슨 일이든 "왜?"라고 물어보는 요즘 같은 시대에 마음에서 우러나와 "그냥 하고 싶어서!"라는 아빠의 대답이 내 심장을 울렸다. 구체적인 이유보다 '마음의 소리' '직감' '그냥'이란 단어들이 전 단계에 있을 것 같다는 생각이 들었다. 그러고 보면 아빠와 내가 함께 여행하는 이유도 '그냥 함께 하고 싶어서'이다.

많은 사람이 우리가 여행하는 이유를 물어보고 또 많은 것을 듣고 싶어 한다. 그래서 어쩔 수 없이 다양한 형용사를 이용해 여행의 이유를 꾸며서 이야기하기도 하지만, 사실 우리가 여행을 함께 하는 진짜 이유는 '그냥'이다.

오늘 밤에는 음악을 사랑하는 아빠를 위해
카탈루냐 음악당에 가야겠다.

그리고 가장 좋은 좌석에서 공연을 감상해야겠다.
그냥 그렇게 하고 싶어졌다.
벌써부터 공연장에서 박수를 치며 좋아할 아빠의 얼굴이
눈에 선하다.

열정의
플라멩코

***

그날 밤, 카탈루나 음악당에서 만난 플라멩코는 삶의 마지막 순
간인 듯 온 에너지를 다해 추는 몸짓이었다. 마치 오래도록 빛을 보
지 못한 소가 갑자기 쏟아지는 밝은 햇살에, 투우사의 붉은 헝겊의
조롱에, 한껏 흥분되어 투우장에서 날뛰는 느낌을 춤으로 발산한 것
같았다.

혼을 다해 자신이 사랑하는 무언가를 하는 사람을 보면 존경심을
넘어 경이롭기까지 하다.

나는 삶에 미친 이들을 사랑한다.
돈키호테, 조르바, 김영갑, 랭보, 니체,
그리고 엄마와 아빠……

나도 열정적인 삶을 살고 싶다.
또 엄마와 아빠가 내게 보여준 것처럼
나의 자식들에게
뜨거운 사람이고 싶다.
마치 불무리회처럼, 플라멩코처럼.

바르셀로나의
흔한 일상

***

바로셀로나는 출근길 직장인의 모습에서조차 여유가 느껴진다. 아침 8시 55분, 건물 앞에는 진청색의 양복을 입은 회사원 무리가 커피를 마시며 수다를 떨고 있다. 한 곳만 그런 것이 아니라 수많은 건물의 출입구 앞이 회사원들로 북적인다. 왜 건물로 들어가지 않고 입구에서 기다리는지 물어보니 업무 시작 시간인 9시가 되어야 출입문이 열린다고 대수롭지 않게 대답했다.

오전 11시, 광장의 노천카페는 맥주를 즐기는 사람들로 활기를 띤다. 평일 이 시간에 일광욕을 즐기며 맥주를 마시는 사람들은 어떤 사람들인지 궁금한 우리는 카페에 자리를 잡고 앉아 사람들을 관찰했다. 데이트를 하러 나온 노년부부, 강아지와 함께 산책 나온 사람, 책을 읽는 사람, 비즈니스 미팅을 하는 사람 등 다양한 사람으로 광장이 가득 채워졌다.

오후 1시, 레스토랑에서 점심을 먹고 있을 때였다. 주문한 요리가 하나는 나왔는데 다음 요리는 아무리 기다려도 나오질 않는다. 지나가는 웨이터에게 물어도 자기 담당이 아니라 모르겠다고 하기에 답답한 마음이 들어 담당 웨이터를 직접 찾아보기로 했다. 그는 한쪽 테이블에서 치즈를 잘라 입에 넣고 있었다. 주문한 요리가 어떻게 되어 가는지 물어보니 자신의 식사시간이 돌아와서 까맣게 잊어버렸

다고 해맑게 웃고는, "맛있는데 먹어볼래?" 하며 나에게 치즈를 권
했다. 그리고 시계를 보더니 이제 퇴근시간이라면서 앞치마를 벗고
유유히 자리를 떠났다. 그런데 그의 티셔츠 등판에 적힌 문구가 이
황당한 상황을 대변하는 것 같아 우리는 그저 웃을 수밖에 없었다.

'GAME OVER'

우리 식사도 여기서 OVER!

오후 4시, 바르셀로나의 인포센터에는 손님보다 직원이 더 많은
데 줄이 줄어들 기미가 없다. 직원은 손님의 기분이야 어떻든 자신
이 하던 일을 하느라 쳐다보지도 않는다. 용기 있는 한 손님이 직원
의 책상 앞으로 다가가서 "실례하겠습니다." 말을 걸어봐도 "잠시만
요."라는 사무적인 대답이 돌아왔다. 드디어 한 직원이 세상에서 가
장 어려운 일인 '영수증 가지런히 정리하기'가 모두 끝났는지 고개를
들고 손님을 부른다. 한국에서는 흔치 않은, 하지만 바르셀로나에서
는 참 흔한 풍경이다.

오후 6시, 가판대에서 마실 물과 과자를 사고 20유로짜리 지폐
를 내밀었는데, 아르바이트생의 황당한 대답에 우리는 입이 벌어졌
다. 주머니에서 꾸깃꾸깃하게 접힌 지폐와 동전을 모두 꺼내 하나씩
세어보던 그는, 거슬러줄 잔돈이 충분하지 않을 것 같다면서 곧 거
스름돈이 생길 수도 있으니 기다리고 싶으면 기다리라고 한다. 세상
에, 가게에 잔돈이 없다니! 스페인 사람들에게 이런 것쯤은 별일이
아닌가 보다.

오후 8시, 저녁을 먹고 있던 레스토랑에 사람들이 한 명씩 들어
오더니 곧 자리가 가득 메워졌다. 들어올 때는 서로 모르는 사람이
었는데, 축구가 시작되니 이보다 더 친할 수가 없다. 가게 천장에 달
린 작은 텔레비전 앞에 옹기종기 모여들더니 때로는 감독이 되어 훈
수를 두고, 때로는 관중이 되어 소리를 지른다. 바텐더에게 맥주를

달라는 사인을 보내면 술잔은 시험 시간의 시험지처럼 사람들의 손에 건네어져서 뒷자리에서 앞자리로 질서정연하게 주문자에게 전달된다. 이것은 바르셀로나에 머무는 동안 보았던 사람들의 가장 빠른 몸놀림이다.

바르셀로나 출근 시간의 풍경, 오전부터 맥주를 마시는 사람, 자신이 할 수 없는 것에 신경 쓰지 않는 사람들의 여유가 때로는 답답하게 느껴지고 이해되지 않는 부분도 있었다.

출근 시간 전에 먼저 사무실의 자리에 앉아 있어야 하지 않나?

손님이 오면 하던 일을 멈추고 손님을 맞이해야 하지 않나?

아직 일이 끝나지 않았으면 점심시간이든, 퇴근 시간이든 하던 일을 끝내고 밥을 먹거나 집에 가야 하지 않나?

하지만 이곳에 사람들의 입장이 되어 생각해 보면 참 부러운 풍경이다. 내가 기다린 만큼 다른 사람도 내가 하는 일을 당연하게 기다려주겠지. 약속 시간에 정확히 일이 시작되고 끝난다면 예측할 수 있는 내 시간이 더 많아지겠지.

이런 생각이 하나둘씩 스며드니 불편했던 바르셀로나의 여유가 사랑스럽게 느껴지기 시작했다.

쓸쓸해서
아름다운

***

광장에 곱게 차려 입은 노년의 부부가 나란히 앉아 있다. 아내는 남편의 어깨에 기대고, 남편은 아내의 손을 잡고 있다.

"슬기야, 저렇게 나이 들어가는 게 너도 좋아 보이지? 애들 다 키우고, 예쁘게 옷을 입고, 같이 손잡고 여행하고. 쓸쓸해 보이지만 참 아름답네. 가을이 아름다운 이유가 쓸쓸하기 때문이잖아."

아빠가 손으로 동그란 달 모양을 만들며 이야기했다. 달이 점점 차오르다가 다 차면 점점 사라지는 것처럼, 우리는 이제 점점 사라질 일만 남은 거라면서. 그러니 '쓸쓸한 나이'라는 대답과 함께 아빠는 한마디를 덧붙였다.

"달이 차오를 때는 잘 몰라. 점점 사라진다는 것을."

차마 하지 못한
이야기

***

가우디가 평생을 바친 작품인 사그라다 파밀리아 성당에서 기도를 드리다가 여행을 떠나기 직전 돌연히 세상을 떠난 친구와 그가 내게 남긴 말이 생각나 울고 말았다.

"놀아. 하고 싶은 거 하며 놀듯이 살아. 다른 사람 이야기는 들을 필요 없어. 잘 되어도, 못 되어도 그것 보라고 할 거야. 그러니 너는 그냥 하고 싶은 거 하면서 살면 돼."

하지만 나는 두려웠고 막연한 두려움이 나를 떨게 만들었다.

"아빠, 나 괜찮겠지?"

"그럼, 지금은 방황하는 시기야. 힘껏 방황하고, 아파하고, 고독해야 해. 그것만이 너를 발견하는 길이야."

아빠는 성당에 초를 밝히고 기도를 올렸다.

"아빠, 우리 맥주 한 잔 할까?"

바텐더는 들 수 없을 정도로 무겁고 커다란 맥주잔에 맥주를 가득 채워서 가져다주었다. 술이 술술 들어오니 취기가 돌아 금세 기분이 좋아졌다. 나는 술의 힘을 빌려 그동안 하지 못했던 이야기를 털어놓았다. 아빠는 내가 회사를 나온다고 했을 때 앞으로 무엇을 하며 살지 묻지 않았다. 언젠가 마음이 정리되면 이야기하리란 걸 알고 있었으리라.

별 모양의 나를 네모난 회사의 틀에 맞추면서 내 모양이 구겨지거나 잘렸을 때 얼마나 아팠는지, 뻔히 보이는 미래의 내 모습을 얼마나 바꾸고 싶어 했는지, 하지만 이렇다 할 대책을 찾지 못해 얼마나 고독했는지에 대한 이야기를 꺼내놓았다. 그러고는 회사를 다니며 실험했던 경험을 하나씩 설명하며 얼마나 즐겁고 행복했는지, 무엇을 배웠는지, 그 결론으로 나는 나를 지키기 위해 내가 좋아하고 하고 싶은 일을 꼭 찾아야만 한다는 이야기를 이어나갔다.

아빠는 "우리는 모두 다르니 사는 모습도 다른 것이 당연해."라고 말하면서 나를 격려했다. 세상은 바뀌고 답도 바뀌어 간다고, 지금의 보편적인 시각에서 보이는 답을 찾지 말고 더 넓게, 멀리 보라는 조언도 해 주었다.

"아빠, 나는 어디서 어떻게 살지 몰라. 무책임하게 될 대로 계획 없이 산다는 뜻은 아니야. 다만 천천히 정하고 싶어. 이제부터는 해야 한다고 정해진 항목들을 보지 않을 거고, 안 될 거라는 소리도 듣지 않으려고 해. 대신 앞으로 내 마음이 시키는 대로 움직이고, 나에게 필요한 것들을 하나씩 채워가는 데 시간을 사용할 거야. '나는 내 인생을 행복하게 만들 권리와 책임이 있다.' 이건 내 어록이야. 아빠가 항상 지켜봐 줬으면 좋겠어. 지금처럼!"

"나는 부자 딸을 원하지 않아. 딸이 웃으면서 사는 걸 보고 싶어. 잘 될 거야. 아빠는 믿어."

그날 밤, 아빠는 내 머리맡에 한 장의 쪽지를 남겨놓았다.

마음을 가라앉히고 자신을 냉정히 봐!
새로운 시작의 한 해가 되길!
파이팅!

미스터리

***

없다! 지갑이 없다!

틀림없이 외투 주머니에 넣고 지퍼까지 채웠는데, 조금 전 가게에 들어가 초코바를 살 때까지만 해도 주머니에 지갑이 있었는데, 없다!

나의 당황한 목소리, 우왕좌왕하는 모습에 상관없이 공항버스는 이미 공항을 향해 달려가고 있다. 콧물과 휴지로 얼룩진 얼굴, 오래도록 빨지 않아 제 색깔을 잃은 옷. 바닥에 쭈그리고 앉아 있으면 이 구역 최고의 거지처럼 보일 몰골이었는데, 도둑은 어떻게 지갑냄새를 맡고 나를 타깃으로 잡은 걸까? 영화에 나오는 ET처럼 볼록 나온 배를 만지지 않고서 점퍼 주머니에서 지갑을 꺼내는 일은 영화 '미션 임파서블'에서나 일어날 수 있는 일일 텐데.

화가 치밀어 올랐다. 지갑에는 열흘치 생활비와 한 장밖에 없는 아주 소중한 사진이 있었다. 너무 못생기고 웃기게 나온 사진이라 화가 날 때마다 부적처럼 꺼내 보는, 누구에게도 보여주지 않은 소중한 사진이었다. 도둑이 지갑을 유심히 보았더라면 돈보다는 내 사진이 더 마음에 들었을지도 모를 일이다.

여행 중 처음으로 지갑을 잃어버린 까닭에 별별 생각이 다 들었다. 아빠가 바르셀로나의 여행 첫날 예언한 대로 순탄한 우리의 여행에 긴장감이 돌도록 여행의 신이 장난을 친 걸까? 반쯤 넋이 나간 상태인 나에게 아빠가 얼음이 가득 담긴 아이스커피를 내밀며 말을 걸었다.

"괜찮아. 안 다쳤으면 됐어."

휴대폰이나 여권을 잃어버리지 않은 것을 위안으로 삼았지만 마음이 쓰리다. 마음을 좀 더 비우라는 신의 계시인가 싶다가도 생각하면 생각할수록 속상했다. 처음에는 걱정해 주던 아빠도 원숭이도 나무에서 떨어질 때가 있다면서 웃었다. 그리고 한술 더 떠서 진지한 표정으로 지갑을 들고 간 도둑의 재주를 칭찬하기 시작했다. 나를 놀리는 건지, 위로하는 건지 헷갈리게 만들고는, 아빠는 마지막 화룡점정으로 자신의 지갑이 사라진 게 아니어서 정말 다행이라고 안도의 한숨을 내쉬는 퍼포먼스까지 보였다. 아빠가 지갑을 잃어버렸으면 여행 끝나는 날까지 실컷 잔소리를 들었을 거라며 말이다. 아빠는 나를 너무 잘 안다.

신기하게도 여행이 끝난 지금은 그때의 강렬했던 당혹감과 괴로움의 감정은 사라지고 '지나간 무용담' 쯤으로 여기게 되었다. 심지어 그 시간으로 돌아가면 도둑에게 웃긴 사진 정도는 빼고 지갑을 가져가라고 해야겠다고 이야기할 정도로. 그런데 왜 나는 여행이 끝난 후에 기억도 나지 않을 작은 일 때문에 앞으로 결코 돌아오지 않을 여행의 순간을, 더 크고 중요한 시간을 그냥 흘려보냈을까?

분명 나는 또 바보처럼 곧 잊게 될 작은 사건에 흥분할 것이 뻔하다. 세상은 정말 미스터리다.

그날 지갑이 어떻게 사라졌는지도.

알면서도 바보같이 행동할 나도.

그나저나 도둑님, 그때 제 지갑은 어떻게 들고 간 건가요?

바르셀로나의 봄

***

바르셀로나의 봄은 혹독하다. 플라타너스 꽃
가루가 온 도시를 뒤덮고 있다. 숨을 쉴 때마다
계속 기침을 해 대던 슬기가 많이 아프다는 표
정을 내게 보내온다. 이 도시를 빨리 도망치는
길 외에는 딱히 해 줄 것이 없던 나는 안타까운
표정으로 지켜보고만 있다.

사그라다 파밀리아 성당 앞에는 수많은 사람
들이 천재 건축가 가우디의 작품을 보기 위해
긴 줄을 서고, 어떤 사람들은 성당의 외관 사진
을 찍느라고 바쁘다.

벌어진 입이 다물어지지 않는다. 신이 만든
돌연변이 가우디! 인간 창조력의 한계는 도대체
어디까지인가? 그의 작품에는 바람, 구름, 하늘
등 삼라만상이 모두 녹아 있는 것만 같다. 감히
장담하건데 이런 예술가는 앞으로 영원히 이 세
상에 나오지 않을 것이다.

하늘의 빛이 쏟아지는 성당의 기도실에 앉아
두 손 모아 기도를 올린다.
"딸의 앞날에 주님의 은총이 가득하기를~"
기도하면서 딸의 손을 꼭 잡았다.
딸의 손이 가늘게 떨고 있다.
딸은 무엇을 위해 기도하고 있을까?
아마도 자신이 헤쳐 나갈 미래에 대해
흔들리지 않은 용기를 달라고 기도하지 않을까?
나도 그 용기에 힘을 더해본다.

슬기야, 모든 게 잘될 거야.
신께서 도와주실 거야.

    딸의 얼굴에 "나 정말 힘들어."라고 쓰여 있다. 기침은 계속되고 열도 높다. 오늘 저녁에는 설탕물을 한 모금 먹이고, 따뜻한 물수건으로 슬기의 얼굴을 닦아주어야겠다.

바로셀로나 우체국에서

***

산티아고 순례길을 걸어야 하기 때문에 정말 필요한 최소한의 볼품을 제외하고 모두 한국으로 보내러 근처 우체국을 찾았다. 그런데 줄이 우체국의 밖에까지 늘어서 있다. 번호표를 뽑으라고 해서 둘러보니 번호표 뽑는 기계가 두 곳이라 머리를 써서 두 곳의 표를 다 뽑았다. 그리고 전광판을 보니 우리 앞에 기계 한 대는 30명, 또다른 한 대에는 무려 50명이 대기중이다.

그런데 처리 속도가 굼벵이 중의 상 굼벵이다. 짐을 부치러 나오기 전 민박집 여주인이 공무원 근무 시간이 오전 8시 30분부터 오후 2시 30분까지라고 했는데, 지금이 벌써 오전 10시. 참 희한한 나라라고 투덜거리면서 미리 포장이나 할 생각으로 박스만 먼저 구입할 수 있느냐고 손짓 발짓 다 하면서 물어보았다. 그랬더니 스페인말로 뭐라고 이야기하는데, 줄을 서서 차례를 기다리라는 말 같다.

'그럼 박스 사는데 줄 서고, 짐 부치기 위해서 또 줄 서고……. 이러다 올 연말 안으로 부칠 수 있으려나?'

또 머리를 굴려 박스 포장하는 시간까지 고려해 양쪽 기계에서 번호표를 열댓 장씩을 또 뽑았다. 아마도 우리 뒤에 오는 사람들은 대기자 수를 보고 꼴까닥할 것 같다. 그런데 좀처럼 줄이 줄어들 기색이 없다. 참 신기한 것은 기다리는 사람이나 처리하는 사람이나 모두 무덤덤한 얼굴이다. 마치 느린 무성영화의 화면을 보는 것 같다.

'한국에서는 소장을 포함해 직원 3명인 우편취급소에만 가도 생글생글 웃으며 인사도 받는데. 게다가 잘 하면 커피도 한 잔도 얻어 마실 수 있고, 일처리는 얼마나 상큼하고 빠른데.'

나는 '이 사람들을 우리나라에 데려와서 훈련을 좀 빡세게 시켜볼까?'라는 생각도 해 본다.

내일 눈 뜨자마자 다시 우체국에 오기로 하고 일단 후퇴했다. 아마도 내일 아침 우체국 앞에는 코를 훌쩍이는 불쌍한 동양인 부녀가 짐꾸러미를 앞에 두고 우체국 문이 열리기만을 기다리고 있을 것이다.

물론 가장 첫 번째로!

유럽의 기차나 지하철을 타고 내릴 때는

문에 붙어있는 열림 버튼을 누르거나

손잡이를 돌려야만 한다.

자칫 방심하다가는 그냥 지나쳐버린다.

우리 인생도 그렇다.

자식 이기는 부모는 없다

***

여행 중에 만난 많은 사람들은 우리의 여행 이야기를 들으면 한결같이 이런 질문을 한다. "아버님, 어떻게 딸이 회사를 그만두는 걸 찬성하셨어요? 왜 말리지 않으셨어요?" 그러면 아빠는 항상 같은 대답을 했다. "모든 부모는 자식이 잘 되기를 바란다. 하지만 자식을 이기는 부모는 없다."

다른 부모님과 마찬가지로 우리 부모님도 처음에는 온갖 회유와 협박으로 한동안 나를 말렸다. 3년만 견뎌봐라, 회사 밖으로 나가면 지금 힘들고 어려운 것은 명함도 못 내밀 정도로 전쟁터인데, 왜 사서 고생을 하려고 하느냐? 주어진 것에 감사하며 살아라.

부모는 자식이 원하는 삶을 살기를 간절히 바라지만, 한편으로는 알 수 없는 곳으로 자진해서 간다는 딸을 지켜주지 못할까봐 겁이 났을 것이다. 그럼에도 용기를 내어 나의 결정을 믿어주셨다. 아무리 말려도 어차피 원하는 대로 산다면, 어떻게 살아가는 것이 좋을지 함께 고민하는 것을 선택했으리라. 그 이후로는 오히려 내 걱정이 가벼워지길 바라셨는지, 내 얼굴이 어두워 보이면 부모님은 위트 있는 격려를 아끼지 않았다.

"이건 꽃놀이패야. 회사가 좋아지면 계속 다니면 되고, 아니라면 나와서 벌어놓은 돈으로 하고 싶은 것을 이것저것 해 보면 되겠네.

회사에서 나오면 예전처럼 여행도 같이 하자. 난 생각만 해도 좋다."

아이러니하게도 부모님이 나의 선택을 지지하고 충동적으로 살아보라고 도리어 나를 자극하자, '맞지 않는 옷에 적응하기'와 '새로운 옷을 찾아 입어보기' 중에서 선택하는 것이 더욱 어려워졌다. "내일 그만둬요."라고 말해도 아무도 말릴 사람이 없어졌기 때문이다. 그때부터 더 이상 부모님을 퇴사 문제로 괴롭히는 것을 그만두었다. 대신 회사를 다니면서 내가 하고 싶었던 일이 진짜 하고 싶은 일이었는지 계속 고민하고 시도해 보는 것에 집중했다.

그래도 정답을 몰라 얼굴을 찌푸리며 머리를 쥐어뜯고 있을 때, 그리고 어렵게 결정을 내렸을 때, 아빠가 슬며시 내 어깨에 손을 얹고 추천해 준 여행지가 바로 '산티아고'였다. 지금 우리는 그곳을 향하고 있다.

언젠가 혼자 길을 떠나야 하는 순간이 올 것이다. 하지만 지금, 이 순간은 아빠와 함께 걷고 싶다. 실컷 수다도 떨고 싶고, 때로는 혼자 있는 시간도 가지고 싶다. 그렇기 때문에 아빠는 최고의 여행 콤비이다. 아빠는 내가 무엇을 하더라도 언제나 따뜻하게 이해해 줄 한 사람이기에.

어디가 제일 좋았어?

***

"어디가 제일 좋았어?"

여행을 다녀오면 빠지지 않고 받는 질문이다. 대답하기 곤란해서 다 좋았다고 얼버무려도 호기심어린 상대방의 눈은 나를 뚫어지게 쳐다보곤 한다. 그러면 다음 단계로 넘어갈 차례다. 오른손으로 한쪽 턱을 괴고 두 눈을 지그시 감고는 아주 오랫동안 생각하는 것이다. 물어본 사람의 호기심이 사그라지거나 질문을 잊어버릴 때까지.

여행지의 감상은 해가 지날수록 달라진다. 나에게 인도는 여행을 다녀온 직후 쳐다보고 싶지도 않은 곳이었지만, 지금은 다시 가고 싶은 1순위 여행지이다. 반면 일본은 너무 좋아서 여름방학과 겨울방학을 모두 써가면서 여행했지만, 지금은 시들해졌다. 또한 하와이에서 지낼 때 미치도록 심심한 적이 있었는데, 지금은 그때를 생각만 해도 눈물이 날 정도로 그리워진다.

진짜 대답은 세상을 떠나기 전까지 알 수 없기 때문에 이런 질문에는 늘 꿀 먹은 벙어리가 된다. 그럼에도 질문자의 오랜 심문에 지칠 때면 '정말 어려운 결정이었어.'라는 표정으로 최근에 다녀왔던 여행지 중 가장 강렬한 인상을 받았던 곳을 이야기한다. 이번 유럽 여행 중에서는 아마도 산티아고 순례길이 아니었을까?

산티아고, 그곳은 오직 자연이 만든 길과 그 길 위를 걷는 사람만 존재한다. 사람들은 다양한 사연을 움켜쥐고 왔다가 한 걸음 뗄 때마다 한 움큼씩 그것들을 바닥에 흘렸다.

산티아고, 그곳에는 Give만이 존재하고 Take는 없다. Take를 위한 Give도 없다. 관계 유지를 위해 시간과 능력, 아니면 돈이 필요한 도시와는 달랐다. 마음에서 진심으로 우러나서 웃고, 인사하고, 모르는 이와 자신이 가진 것을 주고받으며 하루의 풍요로움을 느낀다.

'채움'보다 '비움'을 연습하는 사람들, '소유'보다 '나눔의 기쁨'을 아는 사람들, 그들의 밝은 표정에서 느낄 수 있는 행복한 기운으로 상처투성이였던 마음이 치유되는 것을 느꼈다.

내가 처음 일을 시작한 부서는 영업 실적을 관리하는 곳이었는데, 일의 특성상 항상 긴장감이 감돌았다. 사무실의 마우스 클릭 소리도, 누군가의 한숨소리도 모두 들을 수 있을 정도로 조용했다. 선배들은 일하기 위해 이곳에 왔으니 일만 하면 된다고 이야기했다. 하루의 절반을 보내는 일터인데, 즐겁게 일할 수 없는지에 대한 궁금증은 선배들의 바쁜 타자기 소리에 묻혔다.

나도 어느새 위에서 시키는 대로 하는 것만이 미덕이라 믿는 사람, 내 자리를 빼앗기지 않으려 움켜쥐는 사람이 되어 갔다. 업무 중 듣는 상처가 되는 말로부터 나를 지키려고 갑옷을 만들어 입었다. 그 갑옷은 이내 온몸을 누르더니 살갗을 파기도 하고, 멍이 들고, 피가 나기도 했다. 하지만 아픔을 들키지 않는 것도 회사원의 필수 조건임을 알게 되었다.

산티아고, 그곳은 단순함이 가장 중요했다. 우리는 잘 자고, 잘 먹고, 잘 싸고, 그저 잘 걷기만 하면 되었다. 도시에서는 뭐가 그리 바쁘고 걱정이 많은지 이 네 가지를 다 잘하지 못했다. 밤이면 불면증에 시달렸고, 하루에 제대로 된 밥 한 끼 먹기 힘들었으며, 잘 못 먹으니 잘 나오지도 않았다. 그리고 하루 종일 의자에 앉아 있다가 시간이 되면 지하철과 회사, 지하철과 집 사이의 짧은 거리 정도만 걷느라 뛰어다니는 감각도 오래 전에 잃어버렸다.

우연한 기회에 절에서 일주일을 지낸 적이 있었다. 스님께서는 매 끼니마다 따뜻한 밥을 지으셨다. 그런 스님께 아침에 밥을 많이 지어놓고 저녁까지 먹으면 되지 않느냐고 물어보았다. 그랬더니 스님은 "뭐 그리 바빠 밥 한 끼 따뜻하게 지어먹지 못하고 사느냐?"고 하셨다. 내가 대답을 못하자, 잘 먹는 것보다 더 중요한 게 무엇이 있는지 또 물으셨다. 나는 바닥만 내려다보면서 도시에서는 그러기 힘들다고 대답했다.

이 길을 함께 걸으니 아빠가 산티아고 길을 걷자고 한 이유를 알 것 같다. 수많은 사람들이 누가 시키지도 않았는데도 무거운 가방을 짊어지고 800킬로미터나 되는 먼 길을 계속해서 걷고 있는지를. 이곳은 상처받은 마음을 치유할 수 있는 곳, 복잡한 삶에서 벗어나 단순한 삶으로 돌아갈 수 있는 곳이기에.

누군가 여행지에 대해 묻고 끈질기게 대답을 기다린다면, 나는 산티아고를 꼽을 것이다. 그러나 산티아고가 좋은 이유에 대해 다시 물으면 입을 꾹 다물 것이다. 영화도 내용을 알고 보면 재미가 반감되니까. 하지만 산티아고가 내게 준 선물에 대해서는 자랑하고 싶다. 산티아고를 걷는 아버지의 뒷모습이 어린 시절에 기대던 큰 산 같았다는 것, 오히려 그때보다 더 자유로워 보였고 싱그러운 청춘의 기운이 넘쳐흐르고 있었다는 것에 대해 입술이 부르트도록 이야기하고 싶다.

나는 산티아고가 참 좋다.

아빠의 푸르른 뒷모습을 볼 수 있어서.

긴 하루

***

더 싼 비행기 티켓을 끊기 위해 스페인어로 된 애플리케이션을 이용한 것이 화살이 되어 되돌아왔다. 분명 도착지에 '산티아고 데 콤포스텔라'를 입력했는데, 주변 작은 도시까지 검색되었는지 프린트된 티켓의 도착지에는 한 번도 본 적 없는 지명이 적혀 있었다.

'설마 비행기표를 이대로 날리는 건 아니겠지? 가장 저렴한 티켓이라 환불이나 변경도 안 되는데……. 라코루냐, 이곳은 도대체 어디란 말이냐!'

지도에서 라코루냐를 찾으니 다행히 산티아고와 아주 멀리 떨어지지는 않았다. 그래, 도착하면 어떻게든 되겠지.

웬만하면 복잡한 것을 피하기 위해 제일 마지막에 비행기에서 내렸지만 이번만큼은 예외였다. 우리는 덜 헤매기 위해 서둘러 공항 밖으로 빠져나와 촉을 곤두세웠다. 마침 같은 비행기에서 내린 사람들이 모두 한 곳으로 빠져나가는 것을 포착했다.

"그래, 저 버스를 따라 타야 해!"

버스기사에게 땀에 젖어 꼬깃꼬깃해진 지도를 펼쳐 보여주면서 산티아고를 가리키니 타라고 손짓했다. 아빠와 나는 커다란 가방을 꼭 끌어안고 내릴 곳의 사인이 떨어지기를 기다리면서 버스기사의 뒤통수만 쳐다보았다. 한참 뒤 버스기사는 우리를 정말 아무것도 없어 보이는 황량한 도로에 내려주었다. 불쌍한 눈으로 주변을 두리번 거리고 있으니 버스기사가 직접 버스에서 내려 시외버스터미널 방향을 알려주었다.

터미널에 있는 아무 버스 매표소에 들어가 산티아고를 몇 번 외치자 루고 행 티켓이 생겼고, 루고에서 한 번 더 버스를 타고 사리아로 가야 한다는 정보까지 입수했다. 매표소 직원에게 고맙다고 인사를 하는 순간, 불안한 마음과 배고픔은 별개였는지 배에서 꼬르륵거리는 소리가 민망할 정도로 크게 났다. 우리가 멋쩍은 표정을 짓자, 그는 웃으면서 손가락으로 빵집을 알려주었다. 아빠는 어서 민생고부터 해결하자며 빵집으로 진격하였고, 나는 그런 아빠의 뒤를 바짝 쫓았다.

설탕이 가득 발린 빵을 보니 동공이 확장되고, 침샘에서 침이 터져나왔다. 프랑스에서 가장 맛있는 빵집의 에클레어(éclair, 프랑스어로 '번개', 맛있어서 번개처럼 먹는다는 의미)보다, 시장을 갈 때마다 먹던 갓 튀긴 꽈배기보다 더 부드럽고 달콤했다. 배가 부르니 걱정되고 초조했던 마음도 잠시나마 안정되는 것 같았다.

고생하면서 루고에 도착한 우리는 완전히 녹초가 되어버렸다. 너무 피곤해 이곳에서 하루 쉬어야 하는지 고민하던 중에 숙소를 소개해 준다는 여자를 만나 아무 생각 없이 따라갔다. 몽롱한 상태였기 때문에 그 여자가 집시인 것도 나중에서야 알게 되었다. 소개해 준 숙소가 집시소굴인 듯한 분위기를 물씬 풍기기에 우리는 가진 것을 모두 빼앗길까봐 도망치듯이 나왔고, 여자는 오랫동안 안 씻은 냄새를 풍기면서 끈질기게 쫓아왔다. 아빠와 나는 어쩔 수 없이 산티아고 길의 시작인 사리아로 향하는 버스에 몸을 숨겨야만 했다.

한 시간을 달려 오늘의 최종 목적지인 사리아에 도착했다. 밤 9시인데도 늦은 오후처럼 밝았다. 여행하면서 야경을 기다리는 것이 답답해 밤이 너무 늦게 온다고 투덜거렸는데, 오늘만큼은 유럽의 긴 해가 고맙고 더 아름다워 보였다. 계단으로 이어진 길 위에서 맥주를 마시고 있는 순례자가 손을 흔들며 어서 오라는 신호를 보냈다.

'아, 이곳인가보다, 드디어 찾았다!'

아빠와 나는 기쁜 마음에 하이파이브를 했다. 사람들의 손짓을 따라가니 산티아고 길의 숙소, 알베르게가 나왔다. 알베르게의 매니저는 이곳에서 묵으려면 순례자용 여권인 크레덴시알이 필요하다며, 성당 문이 닫기 전에 얼른 다녀오라고 했다.

성당에 도착하니 퇴근을 준비하던 관리자가 우리에게 운이 좋다고 말하며 크레덴시알에 도장 두 개를 쿡쿡 찍어 건네주었다. 알베르게의 가격은 1인당 6유로, 한국 돈으로 7,000원 정도였다.

저녁식사로 숙소의 바깥 계단에 앉아 샌드위치를 만들어 먹었다. 나는 샌드위치를 두 개나 먹었지만, 아빠는 긴장이 풀렸는지 입맛이 없다며 하나를 먹는 둥 마는 둥 하더니 하늘만 바라보았다. 내게는 이곳까지 오는 미션이 여행자 모드만 풀가동하면 되는 모험 게임이었다. 하지만 아빠에게는 혹시라도 있을 만약의 위험에 대비해 딸을 지켜야 하는 생존 문제였는지도 모른다. 오늘은 여행자도 보이지 않고, 영어도 통하지 않는 곳에서 길을 헤매는 바람에 아빠의 보호본능의 날이 평소보다 많이 선 것 같았다. 아빠는 인도에서의 첫날이 떠올랐는지 한참동안 그날의 추억을 이야기하더니, 그래도 그때보다는 썩 괜찮다며 새하얀 머리카락을 긁적였다.

우리가 묵는 공립 알베르게에는 수십 명의 사람이 함께 자는 2층 침대가 빽빽이 놓여 있었고, 아빠와 내 자리를 빼고는 벌써 곤히 잠든 사람들로 가득했다. 샤워를 하고 들어오니 1회용 베개시트와 침대시트가 내 자리에 곱게 깔려있다. 아빠의 작품임이 분명하다. 아빠는 1층, 나는 2층에 누워 손을 뻗어 인사를 건넨다.

"아빠, 잘 자요."

"응, 슬기도."

순례자들의 시큼한 땀냄새와 쿰쿰한 파스냄새로 진짜 여행의 향기가 물씬 풍겼다.

'그래, 이게 여행이지. 이런 게 여행자의 진짜 숙소지.'

우리는 가장 편안한 숙소에서 가장 달콤한 단잠에 빠져든다. 오늘은 하루가 참 길었다.

가방 전쟁

***

새벽 5시가 채 안 된 시각, 침대 옆 인기척에 눈을 떠보니 새까만 그림자가 내 가방을 만지고 있다. 화들짝 놀래서 그림자를 당황시킬까, 아니면 결정적인 증거를 잡을 때까지 조금 더 기다릴까? 한참을 바라보고 있는데 익숙한 향기가 느껴진다.

"아빠?"

나는 안도의 한숨을 쉬었고, 아빠는 깨운 것이 미안한 지 눈을 껌뻑거렸다. 어두운 방에서 어림짐작으로 내 가방 속의 짐을 자신의 가방 속으로 몰래 옮겨 담던 아빠는 이마 위의 작은 랜턴을 켜 내 얼굴을 비추었다. 그러더니 짧은 말을 남기고 더욱 대담하게 짐을 옮겼다.

"오늘 하루 종일 걸어야 하는데, 가방이 무거우면 더 힘드니까."

여행을 떠나는 순간까지도 놓지 못한 욕심의 무게 때문에 몸만 고생이다. 이번 여행에는 샴푸, 린스, 바디클렌저에 평소에 귀찮아서 바르지도 않는 수분크림과 아이크림까지 챙겨왔다. 더불어 일기를 쓴다는 이유로 노트북을 가져오느라 가방은 꼭 필요한 것을 넣기도 전에 이미 10킬로그램짜리 아령을 매단 것처럼 무거웠다.

이른 아침 해 뜨기 전, 순례자들은 하나둘씩 일어나 떠날 준비를 했다. 줄지어진 알베르게의 2층 침대 사이를 개선장군처럼 걸어나와 1층 식당으로 내려왔다. 어제 남겨 놓은 빵과 야채로 샌드위치를 만들고 있는데, 가까운 테이블에서 반가운 한국어가 들렸다. 아빠와 같은 연배로 보이는 세 명의 사람들이 식사 중이었다. 아빠는 또래친구들을 만나 반가웠던지 합석해도 괜찮은지 물었고, 우리는 함께 아침식사를 하게 되었다. 그들은 이미 20일 이상을 걸은 산티아고 길의 고수였는데, 감사하게도 새내기인 우리를 보자마자 그동안의 경험을 자세히 알려주었다. 덕분에 우리는 '가방 배달 서비스'도 알게 되었다.

아빠는 바르셀로나부터 사흘 피죽도 못 먹은 사람처럼 골골거리는 내가 매일 무거운 짐을 메고 하루 평균 25킬로미터 이상 걷는 것이 걱정이 되어 잠도 설쳤다고 털어놓았다. 그런데 이 고민이 출발지부터 도착지까지 가방을 옮겨다주는 가방 배달 서비스로 해결된 것이다. 체력에 나름 자부심이 있던 나는 힘없어 보인다는 아빠의 말이 억울해서 입을 삐죽 내밀며 가볍게 항변해 보았다. 하지만 가방 배달 서비스 때문에 기쁜 건 나도 마찬가지였다. 여행 시작 후 새벽형 인간인 아빠의 열정 덕분에 매일 6시부터 산책을 나가야 했고, 해가 긴 덕분에 밤 12시가 다 되어 숙소에 들어오면 일기를 쓰고 자느라 늘 잠이 부족해 나의 체력이 점점 바닥을 치고 있었기 때문이다.

우리는 다시 짐을 꾸리기로 했다. 나는 마실 물과 간식, 노트북만 챙겨서 문을 나섰는데, 아빠는 짐을 그대로 들고 나왔다.

"오늘 하루는 짐을 다 들고 걸어볼래. 인생의 무게를 느껴보려고!"

아빠를 얼른 달래서 짐을 보내야 한다고 생각한 나는 강경책이 좋을까, 회유책을 쓸까 고민하다가 말했다.

"노트북 때문에 내 짐이 무거운데 어떡하지? 아빠가 들어줬으면 좋겠는데. 그러니 아빠 짐은 보내버리자."

작전 성공! 히말라야에서 겪었던 가방 전쟁보다 훈훈한 제2차 가방 전쟁을 마무리하고 우리는 산티아고 길을 나섰다.

산티아고를 걷기로 마음먹은 사람들은 저마다의 목적에 따라 길을 걷는 방법을 선택한다. 빈 가방으로 시작하여 오로지 걷는 것에만 집중하다가 생각이 흐트러졌을 때 돌을 주워 가방을 채워넣는 사람도 있다. 하지만 우리는 반대로 몸을 최대한 가볍게 만들었다. 대신 30년과 60년, 각자 삶의 시간을 짊어지고 길을 걷는 동안 지나온 삶을 꺼내보는 것에 집중하기로 했다.

당신 앞길에
행운을

***

숨을 쉴 때마다 흙향기를 가득 머금은 상쾌한 공기가 폐를 통해 온몸으로 퍼진다. 훌쩍거리며 고생했던 꽃가루 알레르기가 거짓말처럼 나았다. 아침이슬을 머금은 풀숲 위를 선비처럼 뒷짐을 지고 유유자적 걷고 있는데, 순례자들이 빠른 걸음으로 바람을 일으키면서 지나간다.

왜 이렇게 다들 빨리 걷지? 궁금해 하는 내게 아빠는 아침에 힘 있고 시원할 때 1시간에 5킬로미터 정도는 걸어두어야 나머지 20킬 로미터를 편하게 완주할 수 있다고 설명하며, 우리도 속도를 올리자 고 한다.

단거리는 자신 있었지만 장거리는 힘들었다. 조금이라도 자세가 흐트러지면 페이스가 틀어지는 장거리 달리기는 반복되는 일상과 같 았다. 회사생활이 힘들었던 이유도 장거리 달리기와 비슷했기 때문 이리라. 매일 똑같은 시간에 일어나 똑같은 지하철을 타고, 똑같은 곳에 도착해 똑같은 자리에서 8시간 또는 그 이상 똑같은 일을 반복 하는 것에 싫증이 났다.

아빠에게 이런 고민을 털어놓은 적이 있다. 아빠는 내게 매번 새 로운 일을 한다면 견디는 사람이 몇 명이나 있겠냐고 되물었다. 누 가 해도 문제없이 돌아갈 수 있도록 매뉴얼화한 곳이 회사이고, 회 사가 클수록 더욱 정교한 시스템으로 분업화된 일을 직원들에게 배 분한다고 말했다. 그러한 원리 때문에 직원이 더욱 안정적인 환경에 서 일할 수 있고, 항상 같은 형태로 고객들에게 좋은 서비스가 제공 될 수 있다고 말했다. 나는 아빠의 말에 고개를 끄덕였지만, 늘 새로 운 일을 하고 싶어 하는 갈망을 지울 수 없었다. 그래서 장거리 레이 스를 만들어 나를 실험해 보기로 했다.

회사에서 보내는 시간을 제외한 시간을 활용하여
강연 프로그램 12번 만들기

하고 싶어서 시작한 일조차 도중에 그만두게 된다면 내가 추구하 는 삶에 가까이 갈 수 없다. 그래서 내가 선택하고 스스로 시작해 끝 을 보는 경험의 축적이 필요했다. 장거리 달리기가 약한 나는 단거 리 달리기로 열두 번을 나눠 뛰었고, 그 결과 한 가지 결론을 얻었다. 한 번에 뛰기 어려우면 나누어 뛰면 되고, 느리더라도 계속해서 나아가다 보면 언젠가 결승선이 나온다는 것.

순례자 길 위에는 사람들이 밝은 표정으로 걷고 있다. 우리와 눈이 마주칠 때면 세상에서 가장 예쁜 얼굴로, "부엔 카미노(Buen Camino, 좋은 여행이 되길, 당신의 앞길에 행운을)"를 외친다. 이 길을 다 걷고 나면 앞으로 펼쳐질 인생의 길도 여행길처럼 신나게 걸어볼 수 있을 것 같은 기분이 든다.

118킬로미터! 나에게 쉽지 않은 거리일지도 모른다. 하지만 마음속으로 다짐한다. 어떤 일이 있어도 내 힘으로, 내 두 다리로 꼭 걸어보겠다고.

1킬로미터의 마법

***

산티아고는 매우 친절하다. 순례자들이 산티아고 데 콤포스텔라를 향해 걸어가는 방향을 놓칠까 걱정이 되었는지 파란색 바탕 위에 노란색 조개 모양을 그려 넣은 이정표가 나무, 바닥, 그리고 벽 이곳저곳에 그려져 있다. 양치기소년이 밤하늘의 북두칠성을 그의 이정표로 소중히 여기듯이 우리는 조개 모양의 이정표를 발견할 때마다 감사해하면서 발걸음을 옮겼다.

길 위에는 방향을 알려주는 이정표 외에 산티아고 데 콤포스텔라까지 얼마나 남았는지 보여주는 무릎 높이의 표지판 돌도 있다. 이 길을 디자인한 사람의 친절하고 사려 깊음에 또 한 번 감사하고 감탄했다. 표지판에 적힌 숫자는 길을 걸을 때마다 늘지 않고 줄어든다. 이것은 이 길 위에 있는 모든 사람을 목표의 끝으로 가게 하는 정말 강력한 응원의 메시지 중 하나였다.

100킬로미터 지점 앞에 할머니 한 분이 표지판을 손으로 쓰다듬으면서 우리를 향해 어서 오라고 손짓한다. 할머니는 작고 오래된 은색 카메라를 주머니에서 꺼내어 우리에게 내밀면서 사진을 찍어달라고 하셨다. 손가락만한 작은 렌즈 속에 할머니를 담는다.

"원, 투, 스리, 치즈."

할머니는 두 손을 번쩍 들고 소녀처럼 소리를 지르셨다. 그 모습이 너무 사랑스럽고 예뻐 보여 뛰어가서 할머니를 안아드렸다. 할머니는 다시 걸음을 재촉하면서 우리를 향해 손을 흔들며 외친다.

"난 아직 산티아고 길을 완주할 정도로 젊어! 부엔 카미노~!"

100킬로미터 지점 앞에서 즐거워하시는 할머니의 모습을 내 사진기에도 한 장 남겨놓고 싶었는데, 그러지 못해 아쉬웠다. 뛰어갈까 하다가 그렇게 하지 않았다. 인연이면 다시 만날 거라는 생각이 들었다. 그녀와의 짧은 만남은 나이는 숫자에 불과하다는 말이 진심으로 와 닿는 순간이었다.

나이가 들수록 지금까지 이루어놓은 것들이 무너질까 무서워 아무것도 하지 못하는 때가 많아진다. 하지만 거꾸로 생각해 본다. 나이가 들수록 세월의 연륜으로 만들어진 단단하고 견고한 성을 기반으로 무엇이든지 도전할 수 있지 않을까?

산티아고 길에는 누구나 볼 수 있지만, 모두가 알아채기는 힘든 비밀 장치가 숨어 있다. 바로 1킬로미터의 마법이다. 1킬로미터마다 놓인 표지판에 '회춘 마법'을 걸어두었다. 그래서 우리는 타임머신을 타고 과거로 시간 여행을 떠날 수 있다. 타임머신을 타는 의식은 자신의 나이가 적힌 표지판 앞에서 사진을 찍는 것으로부터 시작된다.

아빠가 먼저 시간 여행을 떠났다. 60에서 59, 59에서 58……. 이렇게 한 살씩 어려진다. 곧이어 나도 동참했다. 30에서 29, 29에서 28……. 1킬로미터라는 길지도, 짧지도 않은 거리를 걷는 동안 표지판에 각인된 숫자를 보며 시간 여행을 떠날 수 있다.

'어떤 일이 있었지?'

'가장 즐거웠던 순간은?'

'함께 놀던 친구들은 지금 어떻게 살고 있을까?'

'내 꿈은 뭐였지?'

꺼내보지 않아 먼지를 뒤집어 쓴 채 뒤죽박죽 섞인 기억이 차례대로 정리되기 시작했다. 시간여행에 익숙해지자 어린 아빠와 어린 내가 나타나 서로의 손을 꼭 잡고서 그 시절의 이야기를 조잘조잘 떠들어 댄다. 꼬마는 팔을 뻗어야 우리 손을 잡을 수 있을 만큼 점점 작아진다. 시간여행을 하는 동안 그들이 해주는 옛날이야기를 듣느라 아빠와 나는 별다른 대화 없이 조용히 길을 걸었다. 가끔 입에서 터져나오는 감탄사와 생각의 파편만 공유했다. 둘이 걷고 있지만 때로는 혼자, 때로는 넷이 함께 이 길을 걷는다.

각자의 추억 여행이 끝난 오후에는 와인을 앞에 두고 서로의 추억을 공유하는 시간을 가졌다. 아빠는 기억할 과거가 많은 사람은 짧은 생을 살아도 장수하는 것과 같다며 우리를 '행복한 사람'이라고 불렀다.

돌이켜보니 과거의 어느 한 순간도 소중하지 않은 시간이 없었다. 점 같은 시간이 이어져 지금의 나를 만들었다. 60살의 내가 다시 한 번 더 산티아고의 타임머신을 타게 되면 어떤 추억을 떠올리고 있을까? 그때를 위해서라도 지금을 힘껏 즐기면서 살아야겠다고 다짐해 본다.

"아빠가 아프지 않고 건강하게 살고 싶은 나이야."

아빠는 '90'이라고 적힌 표지판 앞에서 사진을 찍어달라고 했다. 그러고는 100킬로미터 지점에서 만났던 할머니처럼 건강하게 엄마와 함께 손잡고 이 길을 한 번 더 걷고 싶다고 간절한 마음이 담긴 목소리로 이야기했다. 90이라는 명확한 숫자를 들으니 나의 마음 한 구석이 아려왔다. 모든 기도를 들어줄 것 같은 산티아고 길에 주문을 외웠다.

엄마와 아빠가 산티아고를

함께 걸을 수 있게 해 주세요

엄마와 아빠가 건강한 몸과 마음으로

아주 오래오래 살게 해 주세요

고마워요,
카미노의 천사들

***

카미노의 천사들 덕분에 산티아고는 웃음 일만 가득하다. 나는 서양인 특유의 밝고 조금은 과장된 얼굴 표정이 좋다. '우리 언제 만난 적이 있나?'를 뛰어넘어 '우리가 친한 친구 사이였나?' 착각이 들 정도로 눈과 입술, 얼굴 근육 전체를 사용한 환한 미소 때문에 말이다.

처음에는 그들의 미소가 낯설었다. 모르는 사람과 마주칠 때 웃는 얼굴이 실없는 사람처럼 보일까 가능한 진지한 얼굴을 하고 보낸 날이 많았기 때문인지 활짝 웃고 싶지만, 내 얼굴인데도 말을 듣지 않았다. 하지만 지나가는 이들의 무차별 웃음 인사 공격에 어느 사이엔가 한국의 대표 얼굴(?)인 하회탈의 웃는 모습을 널리 해외에 알리고 있는 나를 발견했다. 그리고 너무 웃는 바람에 저녁이면 안면 근육이 당기는 묘한 경험까지 겪었다.

이곳에서는 지원군으로 가득한 세상을 또 한 번 만날 수 있다. 믿어도 좋다. 혼자 그 먼 길을 다 걸을 수 있을까 걱정되어 쉽게 떠나지 못하는 사람은 지금 당장 짐을 꾸려도 좋다. 카미노 길은 철저히 혼자만의 시간을 가지게 하면서 동시에 당신을 외롭게 하지 않을 것이다. 길 위에는 언제나 미소를 날려주는 천사들이 포진하여 필요한 순간에 행복 바이러스를 퍼트린다. 이곳을 함께 걷는 모든 순간에 만나는 사람들은 진심을 다하여 서로를 향해 웃는다. 눈을 반달

모양으로 하고, 코는 찡긋거리며, 광대뼈와 입꼬리는 한없이 하늘로
올리고, 하얀 이를 드러내며 인사한다.

"부엔 카미노!"

그대가 웃으니 나도 따라 웃는다. 나 또한 카미노의 천사가 된다.

'포르토마린'이라고 적힌 표지판이 하루의 끝을 가리키고 있다. 하지만 힘이 다 빠져버린 우리 앞에 마지막 복병, 보는 것만으로도 숨이 차오르는 계단이 기다리고 있었다. 바로 그때, 계단 위에 앉아 있던 여자가 손을 흔들면서 할 수 있다고 외쳤다. 아빠와 나는 응원에 힘입어 계단을 끝까지 올랐다.

계단 아래에는 한 무리의 사람들이 우리가 처음 계단을 마주했을 때와 같은 표정을 짓고 있다. 우리에게 응원을 보냈던 여자는 그들에게도 똑같이 파이팅을 외쳤고, 아빠와 나도 어느새 응원에 동참했다. 그녀는 운동경기의 마지막 결승선에서 선수들을 격려하는 활기 넘치는 치어리더 같았다.

사람들은 가쁜 숨을 몰아쉬면서도 천천히 한 계단씩 올랐다. 이제 마지막 한 계단! 그곳에 있던 모든 사람은 올림픽경기를 응원하는 것처럼 박수를 치고, 서로 끌어안고, 아낌없이 격려했다. 열띤 응원전을 마치고 그녀에게 물어보았다. 같은 순례자면 힘들어서 쉬고 싶을 텐데, 왜 이곳에 남아 계속 응원을 하는지 궁금했다.

"친구와 함께 걷기 시작했는데, 내가 걸음이 빨라서 늘 먼저 도착했어요. 마지막 지점에서 언제 올지 모르는 친구를 기다리기만 하다가 어느 순간 지나가는 사람들을 응원하게 되었는데, 그 순간이 너무나 행복했어요. 카미노를 걷는 것보다 사람들을 응원하면서 에너지를 주고받는 순간이 가장 즐거운 시간이란 것을 깨달았죠. 그래서 오늘도 이 자리에 있는 거예요."

다리가 너무 아프다. 무릎은 움직이라는 명령을 들을 생각이 전혀 없어 보이고 다리는 뻣뻣한 나무막대기처럼 마비되었다.

'너 또 나한테 왜 이러니? 6킬로미터나 남았단 말이야. 화를 내려면 집에 가서 내지, 길 위에서 이러면 내가 어떻게 하면 좋니?'

다리는 헤어진 남자친구처럼 뻣뻣하게 굴었다. 사랑한다며 이 세상 끝까지 함께 가서 발자국을 남겨보자고 할 땐 언제고 이제 사랑이 식었는지 움직일 생각을 하지 않는다.

다시 한 번 다리를 힘겹게 절뚝거리며 한 발씩 옮겼다. 발걸음을 옮길 때마다 '으앗! 으앗!' 하는 민망한 짧은 비명이 입 밖으로 튀어나왔다. 앞서 가던 여자가 우리를 향해 다가온다. 다리가 많이 아프냐는 걱정과 함께 자신의 지팡이를 건네주었다. 그녀는 웃으며 인사하고 다시 뒤를 돌아 걸어간다. 그런데 동료와 함께 걸어가는 그녀의 뒷모습을 보는 순간 아빠와 나는 그 자리에 얼어버렸다. 그녀도한쪽 다리가 불편했다. 무릎에 파란색 보호대를 한 그녀는 자신보다 더 아파하는 나를 위해 지팡이를 건네준 것이다. 꼭 완주하고 싶다는 강한 마음이 다시 생겼다. 짧은 고통이 반복되니 무뎌져서 걸을 만했다.

마지막 날 오전, 지팡이를 건네준 그녀를 다시 만났다. 뛰어가서 반갑게 인사를 하니 포옹과 볼키스로 우리를 맞이한다. 아빠는 아직까지도 낯선 이곳의 인사 방식에 깜짝 놀란 얼굴이었지만, 아무렇지 않은 척했다. 무엇이라도 대접하고 싶다고 하니 극구 사양한다. 강경한 우리의 뜻을 말리지 못할 것을 눈치챈 그녀는 콜라를 주문했다. 그녀와 나는 말이 통하지 않았지만, 눈빛과 얼굴 표정으로 서로의 마음을 전했다. 그녀에게 지팡이를 돌려주자 다리는 괜찮은지 묻는다. 나는 "Very Good!"을 외치면서 뛰는 포즈로 다리의 건강함을 보여주었다. 그녀도 양손 엄지손가락을 모두 올리면서 다행이라고 마음을 전했다.

뭐 이런 데가 다 있지?
몸은 지쳐도 마음은 지칠 수가 없잖아.
다리는 후들거리고 온몸은 땀으로 젖었지만,
기분 하나는 찢어지게 좋다.

아, 좋다!

아빠의
산티아고 전야제

***

밤 9시면 모두 잠들어 고요하던 알베르게가 산티아고 전야제로
떠들썩하다. 아빠와 산책하고 들어오는데 순례자들이 마당 앞에 모
여 사진을 찍고 있다.

"아빠, 우리도 찍자."

내가 무리 사이로 뛰어들자, 아빠도 곧이어 한 자리를 차지했다.
밤 9시만 되면 조용해지던 이곳이 마지막 밤이라는 흥분 때문에 사
람들을 수다스럽게 만든다. 아빠는 나를 보더니 큰소리로 묻는다.

"슬기야, 여기 있는 사람들한테 맥주 사도 될까?"

아빠의 상기된 표정에 내 고개는 자동으로 끄덕여졌다. 아빠는 지
갑을 장전하더니 재빨리 가게를 향해 뛰어갔다. 어느새 아빠의 양손
에는 맥주병이 가득 들려 있다. 그리고는 사람들을 향해 또박또박
영어로 외친다.

"Fiesta! It's my treat(축제의 밤에 제가 쏘겠습니다)!"

사람들은 아빠를 둘러싸고 고맙다며 인사를 건넨다. 아빠의 흥이
한 단계 업그레이드되는 순간이었다. 이곳에 모인 모두가 같은 길을
걸어온 동료이자, 친구였다. 모두 편안하게 앉아 그동안의 모험담을
이야기하면서 이 순간을 즐겼다. 아빠도 사람들에게 여행 이야기를
들려주었다. 유럽 사람에게는 다소 먼 아시아와 남미 등을 이야기할

때 그들의 입이 벌어진다. 나는 아빠가 혹시나 통역이 필요할까 싶어 잠시 동안 아빠의 옆에 앉아 있었다. 하지만 휴대폰의 사진까지 보여주면서 짧지만 자신 있게 영어 문장을 구사하는 아빠의 모습을 보고 슬며시 자리에서 일어났다.

아빠의 멋진 순간과 부끄러운 순간을 모두 알고 있는 나는, 아빠가 멋진 이야기만 할 때면 늘 "아빠, 왜 그 이야기는 안 해? 비행기를 놓쳐 울면서 엄마한테 전화한 것도 이야기해야지."라며 어드벤처 영화에 코믹 요소를 섞어버리기 때문이다. 그래도 오늘은 여기 있는 친구들에게 '모험가 아빠'의 모습만 보여주기로 했다. 국제적인 체면을 위해서!

아빠에게 들었던 재미난 에피소드를 떠올려본다. 중국으로 함께 떠난 여행자들과 궁합이 안 맞아 도망치듯 나온 사건, 동남아시아를 여행하다 만난 걸인과 함께 지냈던 사건, 남미여행 중 공항에서 탑승 게이트를 찾지 못해 비행기를 놓친 사건. 특히 비행기 사건은 아직도 미스터리로 남아있다. 길거리도 아닌 공항에서 길을 잃었고, 결국 비행기를 놓친 아빠는 엄마에게 전화해서 울먹였다고 한다.

"여보, 나 집에 어떻게 가지?"

엄마와 동생의 구출 작전으로 사건은 마무리되었지만, 지금도 그 일은 아빠가 여행을 가겠다고 말할 때마다 아빠를 놀리는 용도로 회자되곤 한다. 그러고 보면 아빠는 내가 회사를 다니는 동안 꽤 많은 나라를 여행했다. 1년에 한두 번씩 장기 배낭여행을 떠났으니 말이다. 처음에는 인터넷 여행카페를 통해 만난 사람들과 함께 가더니, 나중에는 혼자서도 여행을 떠났다. 그리고 아빠의 친구들과 함께 떠난 여행에서는 대장이 되어 일행을 통솔하기도 했다.

내가 혼자 인도로 여행을 간다고 했을 때 가족이 모두 말리던 일이 엊그제 같다. 지금은 혼자 여행을 떠난다고 하면 전쟁 지역이 아니고서는 옆 동네에 놀러가는 것처럼 "응. 그래. 잘 다녀와." 세 마디로 간단히 끝나버린다. 배낭을 메고 여행을 떠나가기만 하면 어떻게든지 다 해결된다는 사실을 이제는 부모님도 알기 때문일까?

밤 11시, 내일을 위해 모두 잠자리에 들었지만, 아빠와 나는 마당에 앉아 별을 바라보았다. 나는 아빠에게 답이 정해져 있는 질문을 했고, 아빠는 애교 섞인 목소리로 대답했다.

"아빠, 내 덕분에 여기 온 거 알지? 빨리 칭찬해 줘."

"딸, 고마워."

산티아고 길의 끝에는

***

우리는 무엇을 위해 이 길을 걸었을까?

'자아의 신화'를 찾기 위해서였을까?

똑같이 생긴 길 중 하나에 사람들이 저마다의 의미를 부여하고, 그 이상의 의미를 찾기 위해 많은 사람이 이곳을 걷는다. 만약 중간에 멈추었다면 의미 없는 길이었을까? 걸어서 온 사람들과 편하게 비행기나 차를 타고 온 사람들이 이곳에서 느끼는 의미의 질과 양은 다를까?

수많은 물음이 떠올랐지만, 순례자의 길을 걸었다고 해서 모든 질문에 답을 할 수 있는 것은 아니었다. 이내 내 안의 모든 물음표는 자취를 감추었고, 나는 너무나 자연스럽게 무릎을 꿇고 하늘에 감사기도를 드리고 있었다. 이곳에 도달할 수 있도록 도와준 건강한 육신을 가지고 있음에도, 그리고 한낮에 끊어질 듯 아팠던 다리가 아침이면 씻은 듯이 낫는 기적을 선물해 주심에 너무나도 감사했다.

내 안의 두려움을 이겨낼 수만 있다면,

내 마음의 소리를 온전히 들을 수 있다면,

이 몸으로 무엇이든지 시도할 수 있으리란 믿음이 생겼다.

산티아고 길의 끝에는 아무것도 없었다. 노란색 화살표와 'Camino de santiago(산티아고 길)'라고 새겨진 파란색 고무밴드 커플 팔찌를 낀 아빠의 왼손과 나의 오른손이 길을 따라 춤을 춘다. 이제 조금만 더 가면 산티아고 성당이 있는 마을이 나타날 것이다.

대성당 옆에는 순례자들의 손때 묻은 나무지팡이들이 수북이 쌓여 있었다. 지팡이 하나에 몸을 의지하면서 천천히 한 발 한 발 내딛던 사람들이 떠올라 숙연한 마음에 저절로 고개가 숙여졌다.

순례자 증서를 받기 위해 차례를 기다리는 시간은 크리스마스 선물을 받는 것처럼 기대되는 시간이었다. 길에서 만난 인연과 축하의 포옹과 볼 인사를 나누다보니 어느새 나의 순서가 다가왔다. 아빠와 나는 우리의 이름이 적힌 순례증서를 들고 성당 앞에서 기념사진을 찍었다.

겨우 며칠이었지만, 평소에 당연하게 접하던 것들의 결핍이 산티아고 길의 끝을 더 행복하게 만들어주었다. 우리는 샤워실에 뜨거운 물이 나온다는 사실에 기뻐했고, 침대 머리맡의 콘센트를 보고 문명 세상에 처음 온 사람처럼 한참을 신기하게 쳐다보았다. 10초마다 버튼을 눌러야 물이 나왔던 커튼 없는 공동욕실이 아닌 문이 있는 개인 욕실에서 뜨거운 물로 샤워를 하니 그동안의 피로가 모두 씻겨나갔다. 이 모든 것이 편안한 나머지 아빠가 아끼는 선글라스를 밟아 부러뜨렸는데도 아빠는 "괜찮아, 눈부시면 눈을 작게 뜨면 되지." 하며 함께 웃어넘길 수 있었다.

산티아고가 축제 분위기다. 노랫소리와 사람들의 함성, 그리고 하늘에서 쏟아지는 폭죽까지. 우리는 모두 소리의 근원지로 달려갔다. '오늘부터 3일간 축제기간'이란 현수막과 함께 성당 앞 광장에서 콘서트가 열리고 있다. 신성한 곳이라 조용해야만 하는 줄 알았던 성당 앞에서 콘서트라니! 정말 놀라운 발상이다.

아빠와 함께 무대 앞으로 돌진한다. 별이 손에 닿게끔 하늘 위로 뛰어도 보고, 옆 사람들과 원을 만들어 기차놀이도 한다. 우리는 온몸으로 산티아고의 축제를 즐겼다. 알 수 없는 해방감이 밀려온다.

애정 표현

***

아빠는 애정 표현을 참 잘한다. 나는 사랑한다는 말에 "나도!"라고만 이야기해도 얼굴이 빨개지는 사람인데, 아빠는 얼굴을 볼 때도, 전화로도 사랑한다는 말을 자주 한다. 아빠가 나에게 "딸, 사랑해."라고 말한 후 돌아오는 말을 기다리면, 나는 침을 두세 번 정도 삼키고 나서야 "응, 나도 사랑해."라는 말이 조그만 목소리로 겨우 나온다.

그런 나도 나만의 애정 표현 방식이 있다. 아빠가 좋아할 만한 것을 찾아 같이 하자고 하는 것. 오늘과 내일은 아무것도 하지 않고 쉬기로 했으니 아빠가 유럽에 와서 계속 먹고 싶다던 '유럽음식'을 찾아보기로 했다.

아빠는 어렸을 적 학교에서 유럽인의 식사 예절을 배운 후 유럽인처럼 식사하는 그날을 늘 꿈꾸었다고 했다. 얼마나 기대했던지 여행전 내 앞에서 상황극을 벌이기도 했다.

"딸, 우선 하얀 행커치프를 목에 둘러. 그리고 이렇게 고기를 써는 거야. 아주 고상하게. 그리고 와인을 한 모금 머금고 이렇게 이야기하는 거야. '달콤하고 쌉쌀한 것이 마치 다크초콜릿을 입에서 굴리는 것 같아요.'라고. 어때? 유럽사람 같지?"

부푼 기대를 안고 찾아간 레스토랑은 분위기도 밝고 인테리어도 예뻤다. 아빠도 만족스러운 눈치다. 우리는 애피타이저와 메인 메뉴, 디저트까지 코스로 나온다는 오늘의 메뉴를 주문하기로 했다.

"그래. 이런 요리가 유럽 요리 아이가?"

신나게 먹고 있는 내 모습을 사랑스럽게 쳐다보던 아빠가 내게 물었다.

"부모가 나이 들면 어떤 재미로 사는 줄 알아?"

내가 나이 들어서도 할 일이 있고, 아직 필요한 사람이라고 느낄 때가 아니냐고 대답했다. 하지만 아빠는 그건 부수적인 거라고 했다. 그러면서 부모는 나이가 들면 자식이 잘 사는 것을 보는 재미로 산다고 이야기하며 또 다른 질문을 했다.

"부모가 언제 어깨를 쫙 펴는지 알아?"

나는 자식이 좋은 대학교와 좋은 직장에 들어가고, 좋은 배우자를 만나 결혼했을 때라고 대답했지만, 이번에도 아빠는 고개를 저으며 의외의 이야기를 해 주었다.

"자식을 자주 본다고 자랑할 때야. 부모에게는 잘난 자식보다 자주 보는 자식이 최고야. 자주 통화하고, 주말에도 보고, 같이 밥도 먹고, 가끔 작은 선물도 주고받고. 좋은 대학? 좋은 직장? 좋은 배우자를 만나 결혼? 그건 잠시야. 자주 보는 자식이 최고지. 아무리 친한 아들딸이라도 3개월 이상 안 보면 서먹서먹해지거든."

이야기를 하던 아빠는 갑자기 레스토랑을 한 번 스윽 둘러보고는 말을 이었다.

"산티아고에 다 큰 딸 데리고 온 아버지 있으면 나와 보라고 해!"

"아마 있지 않을까? 아빠, 지금 기분 엄청 좋구나?"

"그럼, 기분 좋지. 딸이랑 같이 여행하는데 기분 좋지. 우리 매일매일 기분 좋게 여행하자. 그리고 기분 좋게 살자."

444호실

***

산티아고 수도원 444호실. 열쇠를 받고 바꿀까 말까 고민하다
데스크 직원에게 묻는다.
"다른 방 있나요?"
"이 방이 마지막입니다."
오늘의 마지막 체크인, 더 이상 열쇠가 없다.

철컥, 444호실 방문을 연다.
덜컥, 무서운 기분이 든다.
방 안은 단출하다.
침대 하나, 책상 하나, 선반 하나, 책상 위의 작은 창문 하나.
오후 7시.
작은 창문으로 스페인의 강렬한 햇살이 침대 머리맡 깊숙이 들어와
내 얼굴을 비춘다. 피할 수 없는 스포트라이트.
오래된 수도원 444호실. 지난 삶을 심판받는 자리.

내 삶의 묵은 때, 묵은 습관, 아집, 상처, 슬픔, 불안……
놓고 싶은, 버리고 싶은 모든 것이 이 방에서 죽어 없어지기를.
444호실의 방문을 열고 밖으로 걸어 나갈 때엔, 비틀리고 말라버린
죽은 거죽은 옷걸이에 걸어두고 가벼운 발걸음으로 나오기를.

산티아고.
그 길의 끝에는 아무것도 없었다.
대신 눈앞에 있어도 볼 수 없던 소중한 일상을 보여주었다.

일상을 소중히 하는 것
그 속을 가득 채운 행복을 보고 느끼는 것
이것이 산티아고가 우리 모두에게 주는 선물이 아닐까?

산티아고로 가는 길

***

5월의 태양을 짊어지고
황혼의 인생들이 걸어간다.

프랑스 생 장에서
스페인 산티아고까지 800킬로미터.

왜 이 길을 걸을까?

초록은 속절없이 깊어만 간다.

길 위의 모든 이에게 평안이 있으라.
부엔 카미노!

산티아고까지 100킬로미터가 남았다는 표시석 앞에서
반바지 차림의 서양 할머니가 포즈를 취하며 사진을 찍는다.
깔깔 웃는 모습이 10대 소녀 같다.

하늘은 맑고, 바람은 시원하다.
푸른 들과 구릉이 빛난다.
표시석 위에 할머니의 싱그러운 웃음이 머문다.
노란색 조개와 화살표가 정겹다.

배낭을 멘 자매의 발걸음이 가볍다.
걸을 때마다 배낭 뒤에 매달린 조개가 나비처럼 나풀거린다.

언니는 60대 중반, 동생은 40대 초반.
700킬로미터를 걸어오고도 지친 기색 하나 없다.

언니를 챙기는 동생의 손길이 살갑다.
언니가 동생에게 고마운 웃음을 보낸다.
가지런한 치아가 드러난다.
초록의 청춘이 묻어 있다.

***

지팡이를 든 노부부가 걸어간다.
뒷모습이 처연하고 아름답다.
모두 다리를 절뚝거린다.
심지어 아내는 다리를 땅에 끈다.

남편의 눈길에 애가 탄다.

길 위에 부부의 애틋한 사랑이 방울방울 뿌려진다.

딸이 다리를 절뚝거린다.
중년 여인이 가던 길 멈추고 되돌아와
자신이 짚던 지팡이를 딸에게 건네준다.
자신도 절뚝이면서.

돌아가는 뒷모습이 거룩하다.
지나가는 모든 사람이 자기 일처럼 걱정해 준다.
딸도 힘을 낸다.

사람이 참 아름다운 길이다.

***

지팡이를 준 여인을 만났다.
함박웃음을 보냈다.
그 여인이 나를 덥석 부둥켜안고
쪽 소리와 함께 오른쪽 뺨에 키스를 해 준다.
세상에나!
나도 어설픈 답례를 보냈다. 그리고 서로 등을 토닥였다.

온몸이 행복으로 따스해진다.
오늘은 내 볼이 호강하는 날이다.

딸이 웃고 있다.

5월의 카미노에는 노년층이 많다.
친구끼리, 부부끼리, 때론 혼자.
서로 어깨를 맞대거나, 손을 잡거나, 때론 침묵으로.
오롯이 같은 방향으로 걸어간다.

산티아고 데 콤포스텔라.
길 위에는 그들이 버리고 간 번뇌로 가득하다.

＊

강이 보이고, 다리가 있고, 제법 큰 마을이 보인다.

마을 어귀 계단에 한 여인이 있다.
조금 일찍 도착한 그녀는 뒤에 오는 모든 이에게 인사를 건넨다.
부엔 카미노!
그녀의 목소리가 오월 하늘에 넘실거린다.
힘이 샘물처럼 솟는다.
짐을 들어주거나 다리가 되어 주기도 하고
사진을 찍어주기도 한다.

순례길은 모든 이를 선하게 만든다.

"도장을 얼마나 모았어요?"
여행자가 도장이 빼곡히 찍힌 자신의 순례자 여권을 보이며 묻는다.
도장은 하룻밤 머무는 숙소나 성당, 가게에서 받는데
모양이 제각각 다르다.
자신이 수고한 흔적인 셈이다.

도장이 쌓여가는 재미가 쏠쏠하다.
쌓여가는 도장을 볼 때마다 수고한 내가 대견해진다.

***

하룻길이 끝나면 알베르게 근처 길가의 카페에 앉아
포도주와 문어숙회를 시켜놓고 뒤에 오는 사람을 기다린다.
그 사람이 누구든.
부엔 카미노!
오늘도 수고하셨어요.
같이 한 잔 하시죠.

산티아고 가는 길의 오후는
사람들의 따뜻한 인사로 가득하다.

여행자 숙소는 마치 집단 수용소 같다.

통로를 가운데에 두고 2층 철제 침대가 2열로 놓여 있다. 남녀 구분 없이 도착한 순서대로 침대를 배정받는다. 순례자 여권과 숙박비 6유로를 내면, 여권에 숙소 고유의 도장과 날짜를 찍어준다. 그리고 1회용 베개와 침대 덮개가 하나씩 주어진다.

한 방에 300명 수용하는 방,
그 먼 길을 걸어왔는데도 코 고는 사람이 없다.
그래서 알베르게는 행복한 수용소이다.

2유로를 주고 고무팔찌 두 개를 샀다.
나는 왼쪽 손목에, 슬기는 오른쪽 손목에.
서로 손을 잡고 걸으면 우린 완전체가 된다.

내 손은 항공모함, 슬기 손은 조각배.
슬기의 손이 내 손 안으로 쏙 들어온다.

습기를 머금은 새벽공기가 차다.
입김이 쑥 나온다.
슬기는 걸음이 빠른 스페인 아주머니 곁에 붙어 선다.
슬기는 붙임성이 좋다.
슬기의 조잘거림이 새벽 참새 같다.
저만치 앞서가는 슬기가 두 손을 흔든다.

내 새끼는 멀리 있어도 빛이 난다.
나도 발돋움을 하며 두 손을 머리 위로 흔들어준다.

새벽공기를 따라 부녀의 정이 교차한다.

안개 속에 카미노가 피안 彼岸, 해탈 —으로 가는 길처럼 보인다.

"아빠, 마치 저승 가는 길 같아."
"레테 Lethe 강 알지?
저승 갈 때 그 강물을 한 모금 마시면
과거의 모든 기억을 지우고 전생의 번뇌를 잊게 한다는 강."
딸은 말이 없다.

이 길을 걸으면 이승의 번뇌에서 벗어날 수 있을까?
5월의 안개 속으로 부녀가 함께 걸어간다.

뒷모습이 아름다운 길
해질녘 황혼이 아름다운 길
백발의 청춘이 걷기 좋은 길
버리고 비우기 좋은 길

***

호스페데리아 산 마르틴 피나리오.

16세기에 지어진 신학교며 수도사들의 방.

3평 남짓의 크기, 흰 천이 깔린 1인 침대 하나.

낡은 나무 책상과 의자, 작은 욕실.

빛이 거미줄만큼 들어오는 창.

나는 442호,

딸은 444호

방에는 수도사들이 놓고 간 신(神)에 대한 염원이 가득하다.

신을 찾아 나도 밤을 새운다.

편지

∗∗∗

햇볕을 살짝 가리는 알베르게 입구에 앉아 친구에게 편지를 쓴다.

친구들, 오랜만이야.
세월의 흐름이 너무 빠름을 새삼 느끼지?
편지를 쓰는 이 순간에도
다시는 돌이킬 수 없는 시간이 흐르고 있어.
모든 것은 옛날이야. 그리고 지나간 것을 그리워하지.
세상에서 가장 귀한 금은 '지금'이라고 하잖아?
우리 나이에는 미래가 별로 중요하지 않아.
항상 지나간 날을 회상하면서 안타까워하는 것을 나는 잘 알아.
안 그래?
그러니 지금 눈앞에 놓인 삶, 시간을 소중하게 생각해.
내 앞에 놓인 시간이 정말 오늘 하루밖에 없다고 생각해 봐.
뭘 할래? 울고만 있을래? 갑자기 말문이 막히지 않아?
그러니 지금부터 도화지에 열심히, 진정으로
자신만의 꿈을 그려야 해.
갑자기 어느 순간
나에게 오늘 하루뿐인 시간이 왔을 때 당황하지 않도록! 알겠지?
그리고 사랑해!

CARRIÓN DE LOS CONDES
SAINT JEAN PIED DE PORT
FISTERRA   EL BURGO RANERO   ESTELLA   RONCESVALLES
MUXÍA   MELIDE TRIACASTELA   FROMISTA   PAMPLONA
ARCA   O CEBREIRO   OVIEDO   PUENTE DE LA REINA   LARRASOAÑA
CATEDRAL   GONZAR   V. DEL BIERZO   LOS ARCOS
NTIAGO DE COMPOSTELA   PONFERRADA   ASTORGA   LEÓN   LOGRONO
PADRÓN   BARBADELO   NÁJERA   SANGÜESA   MONREAL
IRIA FLAVIA   RABANAL DE VILLAR DE   TERRADILLOS   SANTO DOMINGO DE LA CALZADA   SOMPORT
TUI   CAMINO   MAZARIFE   DE TEMPLARIOS   ARTIEDA ARRES
SEVILLA   BURGOS   SALAMANCA   JACA
SAN JUAN
DE ORTEGA
BELORADO

***

완주 증명을 받기 위해 긴 줄을 섰다.

이 길을 걸은 이유가 뭐예요?
처음에는 있었는데, 지금은 없어요.
그게 뭐 필요하겠어요?
길이 있어 걸어온 것뿐이에요.

서로 웃었다.

***

스페인의 땅끝, 피스테라.
노란 꽃이 핀 언덕과 눈이 시리도록 푸른 바다,
산티아고 0킬로미터 표시석,
해어진 청동 신발 하나.

주인과 이별한 신발, 옷, 수건이 십자가 철탑에 매달려 있다.
바위 사이 방금 뭘 태운 냄새, 뭘 태웠을까, 욕심?
나는 무엇을 버리고, 무엇을 태울까?

절벽 아래 파도는 영겁으로 있는데,
한갓 미약한 인간은 여기까지 온 의미를 가슴으로 묻는다.

***

산티아고 대성당 안은 향내로 가득하다.

여덟 명의 수사가 대형 향로를 천장으로 날리고 있다.

성당을 가득 메운 이들의 눈동자가 향로를 따라 움직인다.

향내는 점점 퍼져 폐 속으로 스며든다.

점점 숙연해진다.

잊고 있던 내가 찾아온다.

나를 사랑할게.

모두를 사랑할게.

마음이 따뜻해진다.

신은 계신다.

카사블랑카의
BGM

***

걸어가도 이것보단 빠르겠다!

여유의 끝판왕, 모로코의 기차가 기어간다.

빨리빨리 도시에서 온 우리는 꿈틀꿈틀 도시에서 "와이리 느리 노!"를 연발하다 느림에 중독되어갔다. 불규칙하게 덜컹거리는 비트에 맞춰 고개를 까닥거리며 창 밖을 바라보았다.

황량한 사막이 이어졌고, 영화 '바그다드 까페'의 브렌다와 야스민이 살 것만 같은 작은 건물이 스쳐지나갔다. 제베타 스틸(Jevetta Steele)이 부르는 'Calling you'의 선율이 혈관을 타고 흐른다. 그녀의 낮고 슬픈 목소리, 느릿한 멜로디 때문에 눈이 감기고 정신이 몽롱해져온다. 아프리카, 모로코, 카사블랑카. 시가와 마티니, 재즈의 조합만큼 나를 설레게 하는 단어들. 과연 어떤 곳일까? 기대감과 낯설음의 조합으로 미리 반해버린 도시 속으로 천천히 다가간다.

카사블랑카는 이국적인 모습과 도시의 모습을 자를 대고 정확히 반으로 나눈 듯했다. 왼쪽은 호텔과 빌딩이 마천루를 이루고, 오른쪽은 옛 도시의 모습 그대로다. 어느 쪽으로 가야 할까? 아빠와 나는 미래와 과거 사이에서 어디로 향할지 잠시 고민하다가 밝고 서 있어서 자세히 보이지 않던 현재에 머물기로 했다.

행복한 선택이었다. 호텔의 창 밖으로 구시가지가 펼쳐졌고 저 멀리 하산 모스크 사원도 한눈에 들어왔다. 우리는 테라스에 나란히 앉아 멈추어 있는 모든 것과 지나가는 모든 것을 가만히 지켜보았다. 아빠는 이따금씩 담배를 태웠고, 그럴 때면 나는 아빠를 물끄러미 쳐다보았다.

아빠의 담배연기가 지나간 자리에 노을이 찾아왔다. 점차 어둠이 짙게 깔리고 조명이 꺼진 구시가지의 왼쪽으로 화려한 도시의 시간이 시작되었다.

형형색색의 네온사인과 끝없이 이어지는 차들의 노란 라이트 조명. 분위기에 한껏 취한 아빠는 가방에서 여행용 스피커를 꺼내들었고, 나는 음악다방의 DJ가 되었다.

"카사블랑카 영화 OST죠. 둘리 윌슨이 부릅니다. As time goes by."

음악이 작아지거나 멈추는 사이, 여백의 공간은 멀리서 들려오는 코란 경전 소리로 메워졌다.

눈을 감고 도시를 본다.
눈을 감고 도시를 듣는다.
그러다 잠이 들었고 꿈에서 커다란 달을 만났다.

도시의 아침 풍경은 아프리카라고 해서 예외는 아니다.

복장과 생김새만 다를 뿐
숨 가쁘게 움직이는 사람들로 도시는 활기를 띤다.

사랑의 상관관계

***

아빠와 나는 셰프샤우엔으로 가는 버스표를 예매하기 위해 버스 정류장을 찾아 두리번거렸다. 이 광경을 익숙하게 지켜보던 빨간색 재킷을 입은 호텔 보이가 수신호로 방향을 알려주었다. 버스는 하루에 딱 한 번 있었으므로 고민 없이 표를 사고, 아침을 먹기 위해 시장으로 갔다. 시장 앞에는 감자를 파는 파란색 트럭이 주차되어 있었는데, 누가 봐도 한 번에 알아볼 정도로 커다란 하트 모양의 감자가 운전석 앞에 놓여 있었다.

'♡=사랑'

누가 먼저 하트를 '사랑'이라고 표현했을까? 심장을 자세히 살펴보면 이렇게 예쁜 하트 모양도 아닌데. 복잡 미묘한 감정을 아주 간단한 그림으로 전달할 수 있도록 만들어준 누군가에게 감사한 마음이 들었다.

만약 하트가 없었다면,

'좋아해', '사랑해'라는 단어가 없었다면,

어쩌면 우리는 사랑하는 사람에게 마음을 전달하기 위해

79,539개의 단어를 섞어 설명해야 할지도 모를 일이다.

딸이 남의 감자를 앞에 두고 딴 생각을 하는 동안, 아빠는 김이 모락모락 나는 홉스(거칠게 빻은 밀가루로 반죽해 가마에 구워낸 모로코 전통 빵)

를 가득담은 리어카를 찾아냈다. 우리는 따뜻하고 부드러운 홉스를 하나씩 오물거리며 발길 닿는 대로 걸었다. 아빠는 아까 트럭 앞에서 무슨 생각을 했기에 혼자 피식 웃었냐고 물었다. 나는 '하트와 감자, 사랑의 상관관계'에 대해 연구중이었다고 엄청 진지한 얼굴로 대답했다.

아빠는 내 이야기를 끝까지 듣더니, "콩 심은데 콩 나고, 팥 심은데 팥 난다."며 그 농부가 사랑을 심어서 하트 감자가 탄생한 거라는 새로운 논제를 꺼내들었다. 역시 내 아빠다. 아빠가 나를 만들 때 무엇을 심었는지 다 알 수는 없지만, 확실한 한 가지는 '몽상' 혹은 '자유로운 상상'을 심은 듯하다.

아빠와 나는 카사블랑카 시내를 이리저리 기웃거리며 순간순간 생각나는 온갖 잡다한, 그리고 어이없을 정도로 말도 안 되는 이야기를 주고받으며 키득거렸다. 그러다 구멍가게라고 부르기에도 애매한, 나무판자 몇 개를 얽어 만든 동네 사랑방 앞에 멈추어 섰다. 그늘 하나 없는 그곳에 나이든 노인 두 사람이 손으로 움켜쥐면 보이지도 않을 낡은 유리잔에 담긴 민트티를 홀짝이고 있었다. 천천히 고개를 돌려 이방인을 한 번 보더니 자리에서 일어나 가장 좋은 의자 두 개를 내어주었다. 부서진 플라스틱 의자 두 개를 포개어 만든, 신기할 정도로 폭신한 의자였다.

손님을 받은 가게주인은 주전자에 허브잎과 녹차, 그리고 '이게 정말 녹을까?' 의문이 들 정도로 거대한 빙하 모양의 각설탕을 그득히 넣고 하얀 수증기가 넘쳐 올라올 때까지 민트티를 끓여냈다.

뼈와 신경까지 녹여버릴 정도로 달디 단 민트티를 한 주전자 마시고 나니 몸이 나른해졌다. 곧이어 조금 전까지 보이지 않던 광경이 눈앞에 펼쳐졌다. 생선을 굽던 남자는 까만 숯덩어리가 덕지덕지 붙은 드라이어기를 꺼내 숯불을 키운다. 샴푸향을 풍기며 길을 걷는 여자는 거울을 꺼내어 히잡에 가려진 얼굴을 확인한다. 아이스크림 장수가 뭐라 소리를 지르며 지나가자, 한 무리의 동네 아이들이 우르르 그를 뒤쫓아간다. 아빠는 향수에 잠겨 있는지 입가에 미소를 띤 채 아이스크림 장수가 지나간 길을 한참을 말없이 바라보고 있다.

***

나는 주전자에서 민트잎 두 장을 꺼내어 하트를 만들었다.

자극적이지 않은 장면과 평범하고 소소한 일상,

예상치 못한 곳에서 만난 달콤한 여유,

나는 정말이지 이런 것들을 사랑한다.

빙 미아오

***

휴게실 앞에서 바비큐를 굽던 남자가
강력한 부채질로 양고기향을 퍼뜨린다.
너나 할 것 없이 줄을 서서 양고기를 주문한다.
홉스를 반으로 가르고,
그 사이에 고기와 올리브케첩을 넣고,
특유의 양고기 노린내를 감싸기 위해 잘게 썬 양파를 버무려
양고기 샌드위치를 만들고,
크게 한입 베어 문다.

우리는 양젖으로 만든 라테까지 후식으로 다 먹은 후에야 버스에 올랐다. 덜컹거리는 버스가 비포장도로를 달리고 있을 때 앞에 앉은 동양인 남자가 조금 전 우리가 샌드위치를 만들어 먹는 모습을 재미있게 보았다며 말을 건넸다. 그는 다른 두 명의 일행을 가리키며 셰프샤우엔에서 일하는 의사라고 소개했고, 우리에게 어디에서 왔냐고 물었다. 그는 서투른 영어와 중국어로 이야기했는데 굉장히 귀엽게 느껴졌다. 게다가 이름도 고양이를 닮았다.

빙 미아오.

그와 나는 셰프샤우엔에 도착할 때까지 이야기를 나누었다. 도착할 시간이 되자, 숙소는 잡았는지 물어보더니 아직 정하지 못했으면 중국인 의사들이 오면 잠시 묵는 숙소를 소개해 준다고 했다. 고민의 여지도 없이 그가 흥정해 준 가격으로 숙소를 예약했다. 좀 더 함께 있고 싶은 마음에 저녁을 대접하려니 친구의 생일파티가 있다면서 한사코 만류하였다. 대신 30분 정도 시간이 있으니 함께 마을 구경을 하자고 제안하였다. 마을을 구경하는 내내 이곳은 길을 잃기 쉽다면서 숙소로 돌아오는 길모퉁이를 돌 때마다 뒤를 돌아보며 한 번 더 이야기해 주었다. 그는 마지막까지 친절했다. 헤어지는 것이 더 아쉽게 말이다. 그리고 약속한 시간이 되자 바람처럼 사라졌다.

처음 본 남정네를 보고 이렇게까지 설렌 적이 없었다.

연락처라도 물어볼걸.
사진이라도 한 장 남겨놓을 걸.

인생 사진

***

아침 일찍 올드타운에 가면
파란 도시가 전부 당신의 것이 될 거예요.
찍는 사진마다 작품이 될 거예요.

아! 까만 옷은 피하세요.
고담 시의 박쥐처럼 나올지도 몰라요.
아빠가 그랬거든요.

아! 초록 옷도 피하세요.
바다 위의 거북이처럼 나올지도 몰라요.
제가 그랬거든요.

아침 일찍 올드타운에 가세요.
찍는 사진마다 인생샷이 될 거예요.

＊＊＊

중세도시 메디나. 미로 골목들.
이곳에서 이방인은 길을 잃는다.
하지만 현지인은 길을 잃지 않는다.

***

세상의 복잡함에 넘어지고 구르다 보면
나도 나만의 지도를 그릴 수 있겠지.
길을 잃지 않는 지도.
길을 개척하는 지도.

누구를 위하여
종은 울리나

***

여행이라고 항상 즐거운 날만 있는 것은 아니다. 여행지에서 되도록 멀리, 그리고 빨리 도망치고 싶은 날도 있다. 오늘이 바로 그런 날이었다.

페즈의 가죽공장. 역한 냄새가 코를 찔렀다. 동물의 털을 가죽에서 벗겨내기 위해 사용하는 비둘기똥과 약물 냄새였다. 얼마나 독하면 뻣뻣한 가죽이 저렇게 부드러운 가죽으로 변할까? 저 물에 몸을 담근 채 일하는 사람들은 누구일까? 금반지와 선글라스를 끼고 가죽 재킷을 걸친, 관리인인 듯한 사내는 이 모든 광경을 한눈에 볼 수 있는 옥상으로 아빠와 나를 데리고 갔다.

우리는 아무 말도 할 수 없었다.

아빠가 침묵을 깬다.

"참 잔인하다. 저 일이 천한 일일까? 가족을 위해서라면 가장은 어떤 일이든지 할 수 있어. 따뜻한 밥 한 숟가락 식구들 입에 넣기 위해 무엇이든지 하겠지. 그러니 모든 노동은 신성한 거야. 아이러니하지, 세상은. 노동의 강도가 심할수록 임금이 적어."

난 아무 말도 하지 않았다. 이곳은 관광지가 되어서는 안 된다는 생각만 가득했다. 노동을 관광 상품으로 만들어버린 사람들의 잔인함은 로마시대 콜로세움에서 사람과 맹수의 싸움에 내기를 걸고 관람하던 그것만큼 잔혹하게 느껴졌다.

우리는 그곳에서 도망치듯이 나오다가 공장에서 물건을 파는 종업원과 눈이 마주쳤다. 그는 때를 놓치지 않고 빠르게 다가와 "Good quality!"와 "Very cheap!"을 외치면서 유행 지난 가죽재킷을 아빠에게 마구 걸쳐본다. 팔이 맞으면 배가 맞지 않고, 배가 맞으면 팔이 맞지 않은 재킷들.

아빠는 더운 날에 몸에 맞지도 않는 옷을 땀을 뻘뻘 흘리며 입어보는 중이다. 처음에 나는 하나라도 팔고 싶은 종업원과 하나라도 사주고 싶은 아빠의 모습을 가만히 지켜만 보았다. 쇼핑을 좋아하지 않는 아빠가 그렇게 서 있는 이유를 알 것 같아서. 하지만 그 집에서는 절대 아빠 체형에 맞는 옷을 찾을 수 없을 것 같다.

나는 미안하다고 말하며 아빠 손을 잡고 4층에서 1층 계단으로 서둘러 내려왔다. 종업원은 우리가 원형으로 이어진 계단을 다 내려갈 때까지 가죽재킷을 흔들며 외쳤다.

"싸다! 싸다! 500! 400! 300!"

아빠는 그가 안쓰러운지 300디르함 정도면 이곳에 머무른 값을 낸다 생각하고 재킷을 구입하자 했고 나도 동의했다. 그런데 아빠가 300디르함을 내밀었더니 그가 어이없다는 듯 웃는다. 300디르함이 아니라 300유로라고 한다. 돈을 내민 손이 머쓱해졌다. 모로코에서는 디르함이 화폐의 기준인데 이곳은 아닌가 보다.

화가 났다. 가죽을 부드럽게 만드는 독한 물에 안전장비 하나 없이 벌거벗은 사람이 들어가 무두질하는 것에 화가 났다. 그리고 힘들게 만든 가죽으로 제대로 디자인한 옷을 만들지 못한 사장에게도 화가 났다.

그리고 나에게도 화가 났다.

내가 선뜻 300유로를 내고 가죽재킷을 샀다면,

가죽공장에서 무두질하던 사내가 사랑하는 가족과 함께 먹을 저녁 찬거리를 양손 가득 살 수 있었을까?

퇴근길의 발걸음이 조금은 가벼워졌을까?

300유로 가죽재킷 속에는 무두질하는 사내의 삶이 얼마나 들어 있을까?

오만과 편견

***

페즈에 도착해 구시가지인 메디나 앞에 우두커니 서 있을 때 좋은 숙소를 알려주겠다던 청년 하디를 만났다. 이곳은 길을 잃기 쉬운 미로 도시로 악명이 높았고, 딱히 뾰족한 수가 없었기 때문에 믿고 따라갔는데, 그는 정말로 위치도 괜찮고 가격도 합리적인 숙소를 소개해 주었다. 내친 김에 가이드를 해 주겠다는 그를 선뜻 따라나섰고, 덕분에 우리는 메디나의 구석구석을 여행할 수 있었다. 저녁시간이 되어서 하디는 3대째 운영 중인 유명한 레스토랑도 소개해 주었다.

그런데 메뉴판의 가격이 심상치 않다. 게다가 손님도 우리뿐이다.

바로 나가고 싶었지만 아빠는 하디가 가이드를 잘 해 줬으니 체면을 차리게 해 주자고 귓속말을 했다. 잠시 후 중국인 여자 두 명이 가이드와 함께 들어와 메뉴판을 보자마자 너무 비싸다며 곧바로 나가버렸다. 우리도 같이 나갔어야 했는데…….

서빙을 하던 여자는 아이를 달래러 올라가더니 한참 뒤 식은 음식을 들고 나타났다.

'그래, 참을 인, 참을 인, 참을 인.'

오늘은 기분과 체면을 중요하게 생각하기로 했으니 깊게 심호흡을 하며 메인 요리가 나오기를 기다렸다. 그런데 아무리 좋게 생각

153

해도 너무하다 싶을 정도로 아무것도 나오지 않았다. 사람을 불러 메인 요리는 언제 나오는지 물어보니 지금 나온 음식이 전부란다. 황당함을 참고 계산서를 달라고 하니 주문한 음식에 차가 포함되어 있다.

"차를 마실 건가요?"

"주세요."

아이가 또 울기 시작했고, 한참을 기다려도 차가 나올 기미는 보이지 않았다. 그냥 간다고 일어나니 그제서야 잠깐만 기다려보라며 3층에서 차를 황급히 만들기 시작했다. 지칠 대로 지친 우리가 "차는 됐으니 계산서만 달라."고 하자 서빙하던 여자는 오래된 쌀집 계산기를 두드리며 400디르함을 요구했다.

분명 메뉴판의 요리는 250디르함이다. 왜 요리가 400디르함이냐고 물어보니 차와 서비스 비용이 더해졌단다. 음료는 포함이라고 하지 않았냐고 이야기하자, 그런 말을 한 적 없다고 오리발을 내밀었다. 그리고 마시지도 않은 음료를 왜 지불해야 하냐고 묻자, 이미 만들었기 때문이라고 대답했다. 나는 그녀의 뻔뻔함에 화가 나서 얼굴이 빨개졌고 급기야 소리를 질렀다. 분위기가 심상치 않자 아빠는 얼른 돈을 꺼내더니 그냥 나가자고 나를 데리고 나왔다.

잠을 자려고 눈을 감는데 화가 나서 잠이 오지 않았다. 맛없고 식은 음식, 최악의 서비스, 거짓말까지 더해진 저녁식사에 며칠 동안 모로코에서 식사비로 쓴 금액보다 더 많은 돈을 썼다고 생각하니 속상했다. 무엇보다 외국인을 일명 '호갱'으로 생각하고 '이상한 음식점'을 소개한 하디의 태도에 실망감까지 더해지니 속이 부글부글 끓었다. 그렇게 오랫동안 뒤척이고 있는데 한국에 있는 친구에게서 문자가 왔다.

'신나게 놀다가 똥 한 번 밟은 건데 빨리 물로 씻어 버려. 냄새를 달고 다닐 거야? 아니지? 오늘 안 다쳤으면 그걸로 됐어. 내가 더 부러워지게 신나게 놀다 와. 난 오늘도 야근했다.'

아빠에게 문자를 보여주니 진짜 좋은 친구를 가졌다고 한다.

"기분 나쁜 일은 떠올릴수록 더 기분이 나빠지고, 기분 좋은 일은 떠올릴수록 더 기분이 좋아져. 그러면 어떻게 해야 해?"

"우리, 냄새는 얼른 물로 씻고 자자."

다음 날 아침, 아빠에게서 어젯밤 레스토랑 사건을 전해들은 하디는 슬금슬금 민트티 한 잔을 내게 가져오더니 진짜 맛있는 모로코 전통 음식을 함께 먹으러 가자고 애교 섞인 말투로 이야기했다. 반신반의하며 하디를 따라 나섰는데, 우리가 도착한 곳은 놀랍게도 그의 집이었다. 좁지만 아늑한 거실에는 그의 어머님이 손수 만든 음식이 한상 가득 차려져 있었다.

어제는?
오늘은?
이 기분은 뭐지?

모로코에 대한 나의 오만한 편견 때문에 하디와 그가 소개해 준 레스토랑을 잘못 판단한 걸까? 프랑스였다면? 음식이 늦게 나와도 말 한 마디도 못하고 앉아 있다가 올리브오일을 뿌린 달팽이 몇 마리에 부르는 대로 값을 내고 나오면서도 툴툴거리지 않았을 텐데. 하디는 신경 써서 우리에게 최고의 레스토랑을 소개했는데, 하필이면 어제 식당 주인의 아이가 아파서 손님을 신경 쓸 겨를이 없어 일어난 일이었다면?

그의 어머니가 만들어주신 맛있는 음식이 입 안에서 살살 녹을 때마다 나는 부끄러워졌다.

삶이 철학이 분명하면
흔들리지 않는다.

꼬리를 세우자.
나만의 방식으로.

Very Lucky

***

7년 전 인도의 사막.
그날의 추억이 잊히지 않기에.
너무나 좋았기에.
그날의 추억 위에 또 하나의 추억을 덧대어 그리기 위해.
사막의 별을 함께 바라보기 위해.
우리는 사하라로 떠난다.

능숙하게 낙타 위에 올라탔지만 낙타 걸음걸이에 따라 엉덩이가 튀어오르는 진동은 익숙해지지 않는다. 그래도 낙타를 타본 경험이 있어서 한 손으로는 끈을 잡고, 한 손으로는 앞서가는 아빠의 사진을 찍었다. 지난번 아빠가 아픔을 호소하던 일이 생각나 놀리는 것도 잊지 않았다.

"아빠 오늘은 아픈 데 없어?"

"응, 오늘은 끄떡없어."

평평했던 인도의 사막과 달리 사하라사막은 산을 타는 느낌이었다. 낙타가 사막의 경사를 올라갈 땐 몸이 뒤로 젖혀졌다가, 가파른 경사를 긴 다리의 보폭으로 서슴없이 내려갈 때는 온몸이 롤러코스터를 타듯 앞으로 쏟아졌다. 어지러워서 멀미가 나려고 할 때 그보다 먼저 사막의 하늘이 짙은 회색 구름으로 덮이더니 굵은 빗방울이 얼굴을 때린다. 곧이어 믿기지 않을 만큼 엄청난 양의 비가 내렸다.

'세상에! 사막에서 소나기를 만나다니!'

낙타몰이꾼들이 작년 11월 이후로 처음 오는 비라면서 반가움에 환호성을 질렀다. 하지만 낙타 위에 있던 사람들은 기대했던 석양도, 별빛도, 어쩌면 일출도 보지 못할 것 같아 아쉬움의 탄성을 질렀다.

우리는 쏟아지는 비에 생쥐처럼 젖은 머리를 절레절레 흔들던 것을 멈추었다. 그러고는 사막에서 비를 만날 극히 적은 확률 속에 들어가 있다는 것을 확인한 후 "우린 행운아야!"라며 낙타몰이꾼들과 함께 환호성을 질렀다. 그러자 신기하게도 옷이 젖을수록 기분이 좋아졌다.

비가 우박으로 바뀌면 위험할 수 있어서 낙타투어를 급하게 마무리했다. 아무것도 없는 사막 위, 천막으로 만든 간이 숙소에 도착했다. 매트리스 몇 개가 덜렁 놓인 그곳은 이미 물바다가 되어버렸지만, 그래도 촛불 하나로 아늑하고 따뜻한 분위기가 연출되었다.

천막 입구를 막고 있던 장막을 걷어낸다. 비가 사막의 모래를 패어내며 '후드득' 소리를 만든다. 저 멀리 번개가 '번쩍'하고 갈지자로 하늘에서 사막으로 내리꽂힌다.

우리는 비를 좀 더 맞기로 했다. 어렸을 때 청량하고 시원한 느낌이 좋아 우산이 있어도 일부러 비를 맞고 돌아다녔다. 교복 차림으로 비를 쫄딱 맞고 집으로 돌아올 때마다 엄마에게 혼이 났지만, 꿋꿋이 우산을 들고 비를 맞으며 뛰어다녔다. 장마철에는 자전거를 타고 앞에 내리는 비까지 다 맞으려고 작정한 사람처럼 달리곤 했다. 비 때문에 자전거는 금방 녹슬었지만, 내 마음에 슬어 있는 녹이 씻겨 내려가는 듯한 기분이 참 좋아서 멈출 수가 없었다.

비가 온다는 일기예보에 우산을 들고 다니지 않으면 불안해진 그때부터, 왠지 이른이 되어버린 것 같다. 그래도 여전히 비가 참 좋다.

굵은 빗방울이 가랑비로 바뀌어갔다.

나를 따라 나온 아빠가 옆에서 번개 사진을 찍겠다고 열심히 셔터를 누르는데 항상 한 박자 늦다. 찍으면 이미 사라졌고, 기다리다 지쳐 다른 곳으로 눈을 돌리면 기다리던 곳에서 번개가 쳤다.

"아무도 안 보는데 우리 춤이나 출까? 아빠가 요즘 듣는 올드 팝송 한 번 틀어볼래?"

아빠의 휴대폰에서 '사랑은 비를 타고'가 흘러나온다. 서로 민망하지 않기 위해, 그리고 제대로 흥을 즐기기 위해 아빠와 나는 서로 등을 지고 돌아서서 슬슬 시동을 걸었다.

"I'm singing in the rain. Just singing in the rain."

사막의 모래를 발로 차고 소리를 지르며 막춤의 무아지경에 빠졌다. 땀에 젖었는지, 비에 젖었는지 헷갈릴 때까지 신나게 춤을 춘다.

예고편,
아프리카!

***

"참, 살다 살다 내가 딸내미를 데리고 아프리카에 오다니! 함께 사하라사막을 걷다니!"

사막을 걷던 아빠는 총각시절 피천득 선생님의 수필집을 읽고 딸이 생기면 바바리코트의 깃을 세우고 딸과 함께 덕수궁 돌담길을 걷는 상상을 했단다. 하지만 아프리카 사하라사막을 함께 걸으며 같은 풍경을 보리라곤 상상도 못했다면서 탄성을 질렀다. 주문받지 않은 메뉴, '아프리카'를 넣기 위해 지구본을 돌려가며 여행 루트를 고민했던 시간이 보람되게 느껴졌다.

손을 뻗으면 이글거리는 태양이 닿을 것만 같은 사막의 가장 높은 봉우리로 올랐다. 마냥 뜨거울 줄만 알았던 사막에 시원한 바람이 기분 좋게 불어왔고, 사하라의 작은 모래알갱이가 얼굴을 간지럽혔다. 사막을 온몸으로 느끼고 싶어서 우리는 신발을 벗는 것도 부족해서 모래를 쥐고 얼굴에도 발라보고, 누워서 구르기도 했다. 아빠도 기분이 좋은지 옆에서 홈쇼핑 쇼호스트 흉내를 낸다.

"사하라사막의 모래, 피부 미용에 아주 좋아요. 매진 임박. 9,900원!"

나도 홈쇼핑의 바람잡이가 되어 쿵짝을 맞춘다.

"어머, 이건 꼭 사야 해! 올해의 머스트 해브 아이템!"

태양은 점점 머리 위로 올라왔다. 사막 봉우리에서 까만 비닐봉지를 엉덩이에 깔고 썰매를 타듯 내려가려는 순간, 눈앞에 펼쳐지는 급경사 구간에 아찔해졌다. 나의 무서움을 숨기려고 아빠에게 무섭냐고 놀리자 예상 밖의 시나리오가 펼쳐졌다. 아빠는 "내가 군대도 정말 힘든 곳을 다녀왔는데 이쯤이야." 하며 기세등등하게 내려갈 자세를 취했다. 내가 덜컥 겁이나 아빠가 내려가지 못하도록 티셔츠를 잡으니, 아빠는 "속았지?" 나를 놀려댔다. 어제 비가 온 까닭에 모래가 젖어 미끄러지지 않는 것을 알고 있었다며, 아빠는 얼빠진 내 표정이 재미있다고 배를 잡고 웃었다.

사막의 봉우리를 잠시 점령한 기념으로, 아빠와 나는 사막의 원숭이처럼 '우끼끼' 소리를 내며 온갖 희한한 포즈로 점프샷을 찍었다. 아빠는 숨을 고르더니 있는 힘껏 소리를 질러 사막에 메아리를 만들었다.

"딸, 참 살다 살다 내가 딸내미 때문에 이런 것도 해 보고!"
"재밌지, 아빠? 아프리카 예고편이 좋았으면,
다음엔 본편도 함께 하자!"

아빠는 엄마의 이름을 커다랗게 쓰고는
그 밑에 '사랑해'라는 단어를
큼직큼직하게 써 내려간다.

사막의 어린왕자

***

　사막 마을의 숙소, 창문을 열면 사막에서 도망쳐온 모래가 같이 놀자고 한다. 발에도, 옷에도, 침대 위에도 뛰어놀고 있다. 하얀 시트가 덮인 침대에 누우면 마치 사막에 누운 듯 사각사각 소리가 났다. 바람이 분다. 놀러 왔던 모래가 바람을 타고 가족을 향해 돌아간다. 사막에서 뒹굴며 놀던 옷이 빨랫줄 위에서 춤을 춘다.

　숙소에 누워 음악을 듣고 있는 아빠의 모습이 편안해 보여서 홀로 사막 산책을 나섰다.

　모래에 새겨진 발자국이 바람에 흩날려 조금씩 사라지는 것을 구경하고 있을 때 멀리서 자전거를 타고 마을로 돌아오는 소년이 보였다. 어린왕자를 닮은 소년이 내 곁으로 다가왔다. 그의 친구 사막여우와 함께.

　소년과 나는 약속이나 한 듯 오아시스로 향했다. 나는 그의 자전거로 사막을 달려보았다. 신나서 입이 자연스레 벌어졌는데, 그럴 때마다 모래가 입속으로 모여들었다가 흥에 겨워 소리를 지를 때 다시 입밖으로 튕겨져 나왔다. 소년은 암모나이트 화석이 박힌 목걸이를 내 손 위에 올려주고는 다시 사막 속으로 신기루처럼 사라졌다.

메르주가의
마지막 밤

***

마을의 작은 가게에서 수박을 만났다.
'사막에 수박이라니!'
신기한 마음에 수박 한 통을 사들고 아빠에게 뛰어갔다. 수박도,
어린왕자도, 사막여우도 바로 자랑하고 싶었지만 아빠가 곤히 자고
있었다. 나는 아빠가 깨어나기를 기다리다가 옆에서 잠이 들었다.

메르주가의 마지막 밤. 7년 전 인도의 자이살메르에서처럼 아빠와 함께 사막에 안기어 별들을 이불삼아 밤을 지새우고 싶어졌다. 기대감에 한껏 들떠 숙소를 나서려는데, 갑자기 앞을 분간할 수 없을 정도의 모래폭풍이 불어닥쳤다. 우리는 모래에 맞은 볼을 움켜쥐고 눈을 최대한 가늘게 뜨고서 손으로 벽을 더듬거리며 겨우 방을 찾아 들어왔다. 성난 모래군단은 방문 틈 아래로 파도처럼 밀려들었고, 타닥타닥 소리를 내며 방문과 창문을 사정없이 두드렸다.

사막 중간에 자리 잡은 마을,
마을이 잠시 사막에게 자리를 빌렸다.
이곳에 머무는 자들은 알고 있다.
오늘밤은 사막의 변덕일 뿐이라는 것을.
잠시 머무는 자도, 오래 머무는 자도 그 사실을 알기 때문에
기분 좋게 잠이 든다.
내일 아침에는 예전 그대로의 다정한 모습으로 만나길 기대하며.

아빠의 못 말리는
체리 사랑

***

모로코의 첫 여행지 카사블랑카에 도착한 날부터 마지막 여행지
인 마라케시(Marrakesh)를 여행하는 날까지, 아빠가 손에서 놓지 않는
것이 있다. 바로 체리다. 한국에서는 비싼 체리가 이곳에서는 1킬로
그램에 1유로에 불과했고, 게다가 인심 좋게 넘까지 얹어주니 매일
먹지 않을 이유가 없었다.

하지만 문제는 체리봉지에서 풍겨오는 달달한 향에 솟아오르는
식욕을 참을 수 없어서 전혀 깨끗해 보이지 않는 길거리의 수돗물로
체리를 씻었다는 것이다. 옆에서 아무리 말려도 아빠는 현지인들도
다 쓰는 물이니 괜찮다며 마구잡이다. 게다가 무공해 밭에서 갓 따
낸 토마토를 씻는 것처럼 비닐 채로 물에 담갔다 빼서 바로 먹기 시
작했다.

"너도 먹을래?"

한 번 권하더니 내가 고개를 흔들자 그 후로 물어보지도 않고 시
장 골목을 걸으며 한 알씩 입에 쏙쏙 넣는다. 내가 어이없다는 표정
으로 쳐다봐도 돌아오는 것은 체리맛에 푹 빠진 아빠의 행복한 표정
뿐이다. 뒷짐을 질 때마다 보이는 체리봉지가 처음에는 수박만 했는
데 얼마 지나지 않아 홀쭉해졌다.

제마엘프나 광장(Jemaa el-Fna Square)이 한눈에 보이는 카페의 옥상에 앉아 나는 콜라를, 아빠는 또 체리를 먹고 있었다. 낮에는 흙먼지만 날리던 광장이 어두워지자 활기를 띠기 시작했다. 피리를 불어 코브라를 춤추게 만드는 팀, 여장 남자들이 벨리댄스를 추는 팀, 전통 복장을 입고 관광객과 사진을 찍어주는 팀이 광장의 빈 공간에 자신들의 영역을 만들고 호객행위를 하는 중이다. 우리는 광장 속으로 들어갔다. 여기저기서 옷을 잡아끌고 손을 내밀어 돈을 달라고 하는 사람들 때문에 혼란스러웠다. 내 시간은 멈춰있는데, 주위의 것들만 빠르게 움직이는 기분이 들었다.

누군가에게 잡혀 자리를 잡는 것만이 모든 것을 멈추는 방법이었다. 우리는 가까운 포장마차에 들어가 음식을 주문했다. 어떤 동물의 내장으로 보이는 음식이 우리 테이블에 놓여졌다. 그런데 아빠가 이상하다. 무엇이든지 잘 먹는 아빠가 배가 아프고 몸에서 식은땀이 난다면서 먼저 숙소에 들어가겠다고 한다. 자세히 보니 얼굴도 창백하고 입술도 바짝 말라 있다. 숙소로 돌아간 아빠는 화장실을 여러 번 왔다 갔다 하더니, 몸살이 난 것 같다며 감기약을 먹고 잠이 들었다.

체리를 너무 많이 먹은 탓에 배탈이 난 것인지, 오염된 물로 인한 식중독이었는지, 정말 몸살이었는지, 무엇이 진실이었는지 아무도 모른다. 아무튼 아무 일 없이 살아남아 그 후로도 아픈 얼굴로 체리를 맛있게 먹던 아빠의 모습만 기억난다.

아빠, 병명이야 어찌됐든 다음에는 체리를 꼭 깨끗이 씻어 먹어요. 그러다 정말 큰일 난다고요.

여행을 통해
알게 되는 것들

**

모로코가 아프리카 대륙에 있다는 것,
아프리카 사람인데도 중동 지역 사람과 똑같이 생겼다는 것,
지브롤터 해협으로는 스페인과 불과 10여 킬로미터 정도만
떨어져 있다는 것,
그래서 해협 안쪽의 바다 이름을 '지중해'라고 부른다는 것,
아틀라스 산맥이 나라의 가운데를 지나가고 산맥 너머에
사하라 사막이 있다는 것,
회교국이지만 복장이 개방적이라는 것,
남자는 유럽 축구, 특히 스페인 바르셀로나 팀에 열광한다는 것,
그러나 아쉽게도 술과 담배를 파는 곳이 거의 없다는 것,

이번 여행을 통해 처음 알았다.
여행은 모르는 것을 알게 해 준다.

사하라사막으로 가는 길.

하얀 집의 카사블랑카,

블루 도시 셰프샤우엔,

미로의 도시 페즈,

만물광장이 있는 마르케시,

그리고 아틀라스 산맥을 지나간다.

머무는 곳마다 낙타의 눈을 닮은 선한 표정의 사람들을 만난다.

새로운 인연도 만들어간다.

파라볼라 안테나를 잔뜩 머리에 인 하얀 지붕 위로 햇살이 출렁인다.

거대한 하산 2세 모스크가 인간 세상을 내려다보고 있다.
대서양의 푸른 파도는 거세다.
카사블랑카는 하얀 집의 도시다.

거대한 모스크가 보는 사람을 압도한다.
그 앞에는 빈민들이 살고 있다. 신은 무슨 생각을 하고 있을까?

대서양에서 불어오는 바람은 낡은 집 담벼락에 걸어놓은 해지고
빛바랜 빨래만 속절없이 날리고 있다.

＊＊

미로처럼 얽힌 짝퉁 시장을 지날 때마다 상인들은 "아리가토." "니하오."라고 외친다.

붉은색의 피에로 모자를 쓰고 '타진(Tagine, 빵과 함께 먹는 모로코 전통 음식)'이 익었는지 뚜껑을 열어보는, 콧수염을 기른 대머리 영감의 표정이 재미있다.

딸을 앞세우고 골목을 따라 하산 2세 모스크를 찾아가는 길,
혹시나 딸을 놓칠세라 따라가는 나의 눈길이 바쁘다.
막다른 골목인가 목을 빼고 보면 길은 또 이어진다.

짧은 고수머리, 검은 수염, 오뚝한 콧날, 쌍꺼풀진 깊은 눈, 갸름한 얼굴, 질레바(Djellaba, 모로코 전통 옷)를 입은 중년남자가 인사를 보내온다. 흙벽돌 냄새 가득한 골목길에는 호수처럼 그윽한 눈을 가진 아이들의 노는 소리가 청량하다. 딸도 아이들과 눈을 맞추며 까불까불 살랑살랑거린다.

오후의 햇살이 따갑다. 콧수염을 다듬고 있는 이발사, 구두를 빨래처럼 걸어놓은 양화점, 고기 몇 점을 앞에 두고 하릴없이 파리를 쫓는 정육점 노인, 화덕에 머리를 처박고 둥글고 납작한 홉즈를 열심히 꺼내는 소년도 보인다.

아이들이 몰려 있다. 어딜 가나 솜사탕 아저씨는 인기가 좋다.

딱 어릴 때 우리 동네 모습이다.
시간은 옛날로 거슬러 달려가고 있다.

돌아오는
길

***

　영화 '카사블랑카'의 무대였던 릭의 카페(Rick's Cafe)가 보이는 골목
에 앉아 진한 박하향이 폴폴 풍기는 달달한 박하차를 마신다. 딸은
차를 파는 노인과 장난을 치고 있다. 두 사람의 웃음소리가 골목을
따라 퍼져나간다.

　저녁노을과 함께 어둠이 내린다. 낮의 태양을 대신해 모스크의 거
대한 첨탑에 불이 켜지면, 도시는 또 다른 하얀색으로 치장한다. 붉
은빛이 도는 하얀색. 역시 밤은 낮보다 아름답다. 호텔의 난간에서
음악에 몸을 맡기고, 이 모든 풍경을 딸과 함께 지켜보았다.

　카사블랑카.

　이제는 누군가의 전설이 된 험프리 보가트의 이마에 깊게 패인 주름
과 잉그리드 버그만의 애수에 찬 얼굴 위로 몽환적인 음악이 흐른다.

You must remember this   이것만은 기억해야 해요
A kiss is still a kiss   키스는 단지 키스일 뿐
A sigh is just sigh   후회는 그저 후회일 뿐
The fundamental things apply   마음은 항상 그대로지요
As time goes by   세월이 흘러도

_ As Time Goes By, Frank Sinatra

새벽 4시 반,

스피커를 타고 남자의 목소리가 새벽을 깨운다.

끊어질 듯 이어질 듯 코란이 도시 위로 물결치며 흐른다.

새벽을 머금은 하얀 집들은 푸른빛이 돈다.

카사블랑카가 잠에서 깨어나고 있다.

코골이

***

　나는 잠 잘 때 코를 곤다. 이전에는 얌전하게 잔다고 아내로부터 칭찬을 받기도 했는데, 이젠 먼 옛날 전설이 되었다. 피곤하면 코골이의 강도는 더 심해진다. 심지어 내 콧소리에 내가 놀라 벌떡 깬 적도 여러 번 있다. 갱년기에 신경이 예민해진 아내는 이런 나를 절대로 그냥 내버려두지 않는다. 심야에 어김없이 테러를 가해온다. 발로 차고, 꼬집고, 코를 틀어막다가 마지막에 꼭 한마디 덧붙인다.

　"나가서 자요!"

　그러면 '누군 코를 골고 싶어 고나? 이게 다 처자식 먹여 살리느라고 그래!'라고 속으로만 중얼대다가 찍소리 못하고 쫓겨나온다. 요즘은 아예 안방을 아내에게 내어주고 거실바닥에서 불쌍하게 잔다.

이번 여행에서도 아내는 "국제적으로 망신당하지 않게 코골지 마세요. 주위 사람 특히 딸내미 죽일라."라고 신신당부했다. 사실 나도 걱정이다. 그래서 스스로 터득한 혼자만의 비법이 있다. 남녀가 따로 자는 숙소라면 그냥 모른 척 자고, 남녀가 여럿이 함께 자는 숙소라면 가급적 맨 나중에 잔다. 그리고 다음 날 다른 사람이 깨기 전에 재빨리 도망쳐 나온다. 딸과 둘이 자는 경우에는 가급적 엎드려 자고, 꼭두새벽에 일어난다. 만약 딸이 깨면 곁눈으로 슬쩍 보면서 세상에서 가장 불쌍한 표정을 지어 보인다. 그러면 딸은 아무 일 없었다는 듯 무덤덤한 표정을 보내온다. 그러나 나는 간밤에도 어김없이 코를 골았다는 것을 잘 알고 있다. 아내처럼 때리거나 꼬집지 않는 딸이 참 고맙다.

셰프샤우엔 가는 길

***

버스가 잠시 멈추면 길가의 가게들이 동시에 양꼬치를 굽기 시작한다. 앞이 보이지 않을 정도로 연기를 풍기면서 계속 부채질을 해대면 양고기 냄새가 진동한다. 혹시나 버스가 떠날까 조바심을 내며 먹는 양고기가 너무 맛있어 혀 위에서 트위스트를 춘다.

구부러진 길이 시작되면서 완연한 농촌 풍경으로 바뀐다. 길 옆으로는 올리브나무가 지천으로 있고, 밀이 누렇게 익어가는 들판에 밀레의 '만종'을 닮은 부부가 추수하고 있다. 앙증맞은 당나귀를 타고 까딱거리는 노인네와 양떼를 풀어놓고 그늘에 앉아 졸고 있는 양치기도 보인다. 마을이 나타나면 어김없이 아이들이 뛰어다니고, 울타리에 올망졸망 걸린 빨래가 5월의 햇살을 듬뿍 받고 있는 정겨운 풍경이 펼쳐진다.

어린 시절 고향 생각이 난다. 잔인한 보릿고개를 보내고 밀과 보리를 수확하는 이맘때쯤이면 부엌을 드나드는 엄마들의 발걸음에도 힘이 붙는다. 집집마다 굴뚝에 밥 짓는 연기가 실하게 피어오르면, 아이들의 얼굴에도 핏기가 돌고 겨우내 얼굴에 가득 핀 마른버즘도 사라진다.

온 동네 아이들이 뛰어노는 소리가 종달새처럼 팔랑팔랑 골목으로 퍼지던 그 시절,

그래도 그때가 그립다.

얼마쯤 달렸을까? 버스 안 여기저기서 탄성이 터져 나왔다. 푸른 빛을 흠뻑 뒤집어쓴 채 산중턱에 걸려 있는 마을이 보인다. 만화영화에서 보았던 스머프 마을을 꼭 닮은 푸른 도시 셰프샤우엔이다.

어느새 딸은 차 안의 중국인 총각과 영어, 중국어를 기묘하게 섞어가며 대화하고 있다. 의료봉사 활동을 왔다는 그 총각이 마음에 든다. 서로 대화하는 모습을 보며 '딸의 짝으로도 좋겠다.'고 잠시 생각해 보면서 혼자 즐거워했다.

어둠이 내려앉은 푸른 메디나가 가로등의 불빛을 받아 유령처럼 일렁거린다. 잔돌이 곱게 깔린 우타 엘 하맘(Uta el-Hammam) 광장에 늘어선 카페에 딸과 함께 앉아 설탕을 듬뿍 넣은 박하차를 마시면서 온몸으로 느껴지는 행복을 나눈다.

새벽 4시, 코란 소리와 함께 잠에서 깨어났다. 슬기는 아직도 세상모르게 자고 있다. 아내를 꼭 빼닮은 슬기의 얼굴을 보면서 집에 있는 아내 생각을 한다. 그리고 하트 모양이 빼곡히 박힌, 시간이 지날수록 사랑한다는 표현에 애절함이 더해가는, 아내와 주고받은 문자를 읽는다.

아침 8시. 아직 성곽 안은 한산하다. 집 앞을 쓸고 있는 노인네와 고소한 냄새가 풀풀 풍기는 홉즈를 한아름 들고 가는 여인네의 모습이 정겹다. 골목은 바닥까지 온통 푸른색이다. 바다 속에 온 듯한 착각이 든다. 골목에서 놀고 있는 고양이가 마치 물고기 같다.

푸른빛이 물결처럼 흐르는 골목에 놓인 소담한 벤치에 앉아 갓 구운 홉즈와 신선한 치즈로 딸과 행복한 아침을 먹는다.

여기에 사는 모든 이에게 행운이 있기를.

함둘라.

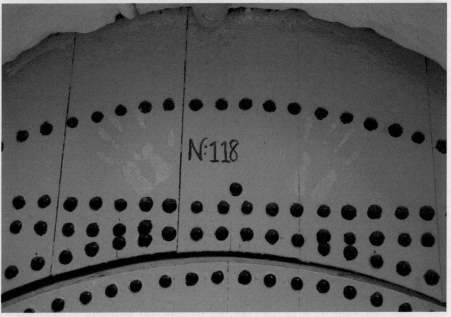

모정

***

내 엄마는 올해 95세이다. 가끔 정신이 외출할 때도 있지만, 과거 일은 명경(明鏡)처럼 기억한다. 어릴 때 읽은 시나 시조, 크면서 들은 민요는 자구(字句) 하나 틀리지 않고 술술 외워서 듣는 사람을 감탄케 한다. 엄마는 6남매를 두었는데, 그 중에서 당신을 꼭 빼닮은 나를 가장 좋아한다.

여행을 떠나는 날, 백발이 다 된 아들을 보고 걱정과 안타까움이 가득담긴 목소리로 말했다.

"몸성히 잘 갔다 오니라. 내 걱정 말고."

그리고 딸의 손을 잡고 부탁을 한다.

"아빠 잃어버리지 말고 잘 챙기라."

돌아서는데 눈물이 났다.

"엄마, 아프지 말고 내가 올 때까지 잘 계세요."

미로의 도시
페즈

***

한낮의 열기와 수많은 사람, 어지러운 거리 때문에 정신이 하나도 없다. 우리는 아직 숙소도 정하지 못했다. 잔뜩 긴장하며 딸의 눈치를 살피고 있는데, 검은색 고무줄 반바지에 흙먼지가 잔뜩 묻은 슬리퍼를 신은 한 청년이 다가와서 좋은 숙소를 소개해 주겠다고 했다.

'사기꾼 아니야?'

의심을 가득 품고 청년의 뒤를 따라가는 내내 길을 놓치지 않으려고 무척 애를 써보지만, 엄습해 오는 미로의 공포에 곧 백기를 들고 말았다.

'혹시 납치?'

걱정이 떠나지를 않았다. 이내 전통 가옥을 개조한 숙소에 도착하고 나서야 비로소 안심이 되었다. 아늑하고 가격도 적당하다. 괜한 걱정을 했다.

내친 김에 청년에게 길 안내를 부탁했다. 청년은 벽에 어깨가 부딪힐 정도로 좁은 골목으로 들어간다. 한 번 들어오면 도저히 빠져나올 수 없을 것만 같은 복잡한 미로가 끝도 없이 이어진다. 혹시나 하는 마음에 몇 군데 사진을 찍어두었지만 소용이 없을 것 같다. 이젠 숙소로 돌아가는 길조차도 모르겠다. 신의 뜻에 맡길 수밖에!

＊＊＊

흙벽돌로 쌓아올린 옛 건물의 좁은 골목을 따라 시장이 길게 펼쳐지고 진기한 풍경이 가득하다. 두어 평 남짓한 컴컴한 공간에 퍼질러 앉아 주변을 둘러보니 코가 뾰쪽한 가죽신을 만드는 곳도 있고, 동(銅)을 두드려 넓게 펴고 오므려가면서 주둥이가 가늘고 긴 주전자를 만드는 곳도 있다. 시장 바닥에 양다리를 벌리고 앉아 둥근 숫돌을 돌리면서 칼을 가는 사람도 있고, 누군가의 주문을 받았는지 캔버스에 모스크 문양을 진지하게 그리는 사람도 보인다. 가끔 짐을 가득 실은 나귀가 방귀소리를 내며 지나가기도 한다. 보는 재미가 쏠쏠하다. 마치 세라자드 이야기 속에 와 있는 것만 같다.

시장 골목에서 소매치기가 딸의 배낭에서 돈을 꺼내 달아났다.
"도둑놈 잡아라!"
급하니 한국말이 그냥 나온다. 그런데 신기하게도 도둑이 섰다.
사람들이 구름떼처럼 몰려들고, 소매치기 덕분에 우리 부녀는 구경거리가 되었다.

**

퀴퀴한 냄새에 숨이 막힌다. 냄새를 희석시키기 위해 박하잎을 비벼서 코에 대어 보았지만, 소용이 없다. 색색의 염색 물감이 담긴 벌집 같은 웅덩이 사이로 아랫도리만 걸친 사람들이 바쁘게 움직인다. 이곳을 구경하기 위해 세계 각지에서 사람들이 몰려온다. 사람들이 참 잔인하다는 생각이 든다.

마지막 날, 청년에게서 점심식사 초대를 받았다. 청년의 어머니가 미리 음식을 차려놓고 기다리고 있었다. 청년의 어머니는 동양인의 방문이 신기한지 겸연쩍은 미소를 지으며 많이 먹으라고 계속 손짓했다.

오후 4시, 이제는 이별할 시간이다.
청년이 우리를 부둥켜안고 큰 눈을 반짝였다.
또 하나의 인연이 만들어진다.
안녕!

밤의 도시
마르케시

***

　메디나의 긴 성벽을 따라 기념품 가게가 줄지어 있다. 가죽으로 만든 알록달록한 모로코 전통신발에 눈길이 간다. 동양인이 지나갈 때마다 상인들은 일정한 순서로 인사말을 외치면서 호객 행위를 한다.

"곤니치와!"
반응이 없으면 곧바로,
"니하오!"
그래도 무반응이면,
"안녕?"이라고 외친다.
아마도 이 도시를 방문한 나라의 순서인가 보다.

마르케시는 어둠과 함께 깨어난다. 제마엘프나 광장에 어둠이 오면, 흰 천의 포장마차에는 휘황찬란한 불이 밝혀지면서 화려한 색채의 아프리카 음식으로 사람들을 유혹한다.

음식이 만들어 내는 연기가 광장을 가득 메우면, 연기 사이로 아라비안나이트의 무대가 펼쳐진다. 가부좌를 틀고 앉아 빛바랜 나팔로 코브라를 놀리고 있는 사람도 있고, 화려한 전통복장으로 기다란 막대가 달린 물주전자를 등 뒤에 멘 사람도 있다. 둔탁한 타악기 소리에 맞춰 관능적인 춤을 추는, 부르카를 한 남장여자들과 온갖 형태의 공연이 밤을 풍성하게 만들면서 사람들을 불러 모으고 있다. 그런데 무심코 사진이라도 찍게 되면 어김없이 1유로를 주어야만 한다.

혹시나 딸을 잃어버릴까봐 손을 꼭 잡고 이 공연 저 공연을 돌아보면서 이 음식 저 음식 조금씩 먹어보기도 하고, 이리저리 기웃거리기도 한다. 목이 마르면 턱수염을 염소처럼 기른 총각이 즉석에서 짜주는 달콤새콤한 오렌지주스를 마시면서 그렇게 풍성한 마르케시의 밤을 온몸으로 맞는다.

마르케시는 밤이 정말 아름다운 곳이다.

***

우리나라에서는 무척 비싼 체리가 여기에서는 1유로만 주면 한 바가지나 준다. 더군다나 노란색 체리도 있다. 왼손에 체리가 가득 담긴 비닐봉지를 들고, 오른손으로 한 움큼씩 체리를 쥐고 입 안에 털어 넣으면 너무 행복하다. 새콤달콤한 과육을 먹고 난 후 발가벗겨진 씨앗들을 입 밖으로 툭툭 뱉어낼 때의 즐거운 기분이란!

그런데 체리를 너무 많이 먹은 탓일까? 배탈과 함께 몸살이 찾아와서 밤새 한기로 끙끙 앓았다. 아내에게 몸이 아프다고 글을 보냈더니 명언을 보내왔다.

'무언가를 얻으려면 그만한 대가를 치러야 한다.'

아내는 가끔 촌철살인의 글로 나를 놀라게 한다.

***

우주의 중심은 나

내가 보아주고 느껴주기 전까지

아무것도 존재하지 않았다.

이런 곳이 있구나.

이런 사람도 있네.

이렇게 살고 있구나.

이렇게도 먹네.

여행은 수많은 것을 존재하게 함으로써

나를 풍성하게 만든다.

사막 연가(戀歌)

***

마음을 가만히 그대로 둬봐.

사막의 소리는 마음으로 들어야 해.

공기가 움직이고,

모래가 움직이고,

별빛이 움직이고.

태고의 소리, 원시의 소리를 간직한

모래들의 이야기가 들리지.

***

밤새 흙먼지를 날린 버스가 푸른빛이 도는 새벽녘, 메르주가에 도착했다. 검은색 진흙을 잔뜩 바른 사각형 집과 대추야자나무, 커다란 모래언덕이 우리를 반긴다. 영화 '스타워즈' 속 외계 행성에 온 듯하다.

"마하바!"

우리가 묵을 숙소 주인 알리가 환영의 인사를 건넨다. 베두인 복장을 한 알리의 얼굴은 낙타를 꼭 빼닮았다.

비수기라 그런지 숙소는 한산하다. 간단한 아침을 먹은 후 그동안 밀린 빨래도 하고, 배낭 속 모든 것을 꺼내 사막의 햇볕에 말린 후 늘어지게 잠을 잤다. 오랜만의 휴식이다.

잠시 후 낙타투어를 다녀온 아가씨들의 웃음소리가 숙소에 가득 찬다. 어젯밤 사막의 별이 총총했다느니, 낙타몰이꾼의 노래가 압권이었다느니, 사막에서 보낸 지난밤의 여운이 아직도 가시지 않은 듯 목소리가 한껏 들떠 있다.

낙타 등에 올라 타 보면 그 높이에 깜짝 놀란다.
우리를 태운 낙타가 석양의 사막을 느릿느릿 간다.
사막에서 오늘 밤을 지새울 것이다.
길게 드리운 그림자가 모래의 높낮이에 따라 춤을 춘다.
마치 검은 옷을 걸친 유령 같다.
딸의 엉덩이가 낙타의 걸음이 바뀔 때마다 실룩댄다.
푸른 두건을 쓴 딸의 뒷모습이 풍경과 잘 어울린다.
낙타가 방귀를 뀌어댄다.
우리도 그 소리를 따라 입방귀를 뀌며 한바탕 웃음을 쏟아낸다.

모래바람이 분다.

번개와 천둥이 사막을 가득 메운다.

잠시 후 세찬 비가 쏟아진다.

모래가 머금은 열기가 비를 수증기로 만든다.

수증기 속에 사막 냄새가 가득하다.

낙타몰이 소년은 즐거움의 춤을 춘다.

"인샬라."

사막에 비가 내리면 행운이 찾아온단다.

찾아올 행운을 은근히 기다리며 사막의 밤을 맞으러 간다.

낙타몰이꾼의 저녁밥 짓는 냄새와 함께 사막에 어둠이 내리면,
사라센의 별들이 하늘에 나타난다.
그러면 사막은 깜깜한 하늘이 되고,
하늘은 수많은 별들의 사막이 된다.

낙타몰이 소녀가 수수께끼를 낸다.
살아서는 뿔이 없고, 죽어갈 때 뿔이 있는 것은?

"달!"

하늘에는 홀쭉해진 그믐달이 양쪽에 뿔을 달고 떠 있다.

모래언덕에 올라 비가 지나간 맑게 갠 밤하늘을 올려다본다.
밤하늘에 별이 총총하다.
마음속 깊숙이 숨겨둔 소설 하나가 생각났다.
이루지 못할 사랑의 아름다움, 알퐁스 도데의 '별'

"저 숱한 별들 중 가장 가냘프고 가장 빛나는 별님 하나가 그만
길을 잃고 내 어깨에 내려앉아 고이 잠들어 있다."
목동은 스테파네트와 보낸 밤을 추억한다.

내 어깨에도 길 잃은 별님 하나 내려와 앉아주었으면 좋겠다.

***

사막의 새벽, 모래동산에 오른다.
모래구릉의 실루엣이 몽실몽실 신기루처럼 떠다닌다.
지평선은 아스라한 안개에 잠겨 있다.
새벽이 밤의 고요를 밀어낸다.

백동전만한 것이 올라온다.
너무 연약한 것
사막의 태양이다.

지평선을 박차면서 점점 그 간격을 벌린다.
그러면 밤의 고요를 밀어낸 새벽도 저만치 물러가고,
사막은 붉은 옷으로 한낮을 채비한다.

오늘도 태양은 어김없이 사막을 달굴 것이다.

숙소 바로 앞에 우물과 대추야자 숲이 있는 오아시스가 있다.

물 깃는 여인네들의 모습, 그늘에서 담소를 나누는 노인들, 어린 사막여우와 함께 뛰노는 동네 아이들도 보인다.

왜 숙소 이름이 '오아시스'인지 이제 알겠다.

여행객들의 빨래가 걸린 오아시스 2층에서 서면,

햇볕에 따라 색깔이 바뀌는 크고 작은 사구(沙丘)의 멋진 파노라마도 볼 수 있다.

태양이 정오로 치달아 오르면
사구는 제 몸을 검붉은색에서 노란색으로,
다시 눈부신 흰색으로 서서히 변신하면서
자신의 그림자를 검은 뱀처럼 꿈틀거린다.

숙소 주인 알리는 나를 '파파'라고 부른다. 알리의 형은 한 술 더 떠 '빅파파'라고 부른다. 아마도 여권에서 내 나이를 보았을 것이다. 사실 외관으로 볼 때 알리형제가 나보다 더 늙어 보인다.

어둠과 함께 심한 모래폭풍이 몰아친다. 문틈을 비집고 바람소리와 함께 모래가 들어온다. 내일 아침이면 바람이 만들어 놓은 새로운 풍경을 보게 될 것이다. 3일간의 짧은 일정을 뒤로하고 내일이면 이곳을 떠나야 한다.

이별은 언제나 진한 아쉬움을 남긴다. 알리는 우리 부녀에게 베두인 전통 복장을 정성스레 입혀준다. 그리고 기념사진도 남긴다.

사막의 아침은 일찍 찾아온다.

오아시스 2층 난간에 서서 사막을 바라본다.

언제 또 올 수 있을까?

알리와 뜨거운 포옹을 한다.

딸은 이별이 못내 아쉬운지 눈물을 보인다.

알리는 가죽으로 만든 낙타 인형 두 마리를 우리 부녀에게 선물했다.

"안녕, 알리."

또 하나의 추억을 낙타와 함께 가지고 간다.

메르스

***

낙타와 함께 찍은 사진을 아내에게 보내니 아내가 기겁을 하고 연신 나에게 카톡을 해댄다. 한국은 메르스로 난리란다. 낙타가 메르스를 옮긴다고 하면서 "기침은 하지 않느냐? 지금 당장 손을 씻어라!" 하더니 급기야 빨리 그곳에서 도망치라고 한다.

눈만 꿈벅이는 얌전한 낙타가 한 번도 본 적이 없는 한국 아줌마로부터 애꿎은 수난을 당하고 있다.

***

나는 잘 꾸며진 도시보다 거칠고 황량한 자연이 더 좋다.
특히 그 속에서 있는 듯 없는 듯
뿌리를 내리고 살아가는 사람들의 삶,
그 삶 속으로 들어가 보면 마치 원시(原始)의 나를 보는 것 같아
묘한 경외감과 함께 내가 앞으로 살아가야 할 자세를 배운다.

욕심 부리지 않기
남과 비교하지 않기
주어진 삶에 충실하기
그리고
주위의 모든 것을 사랑하기

세상에
공짜는 없다

***

스위스 공항에 내려 맑은 공기를 폐로 들이미는 순간, 이곳은 5만 원을 5천 원처럼 써야 할 만큼 물가가 살인적이라고 겁을 주던 친구의 여행담이 떠올랐다. 왕소금 주인을 닮은 지갑이 긴장 모드로 돌입했는지, 목이 말라 물을 사고 싶은데 '공항은 비싸니까'를 이유로 침을 삼키면서 최대한 참아보라는 명령만 대뇌로 전달했다. 그런 와중에 짠돌이 배낭여행자의 심장을 벌렁거리게 하는 문구가 보였다.

'Free'

설레는 마음으로 발걸음을 향한 곳은 바로 여행 안내소였다. 그곳에는 감탄사가 절로 나올 만큼 굉장한 미인이 제네바 교통 이용권을 무료로 나눠주고 있었다. 조금 전까지 배탈과 몸살로 낯빛이 어두웠던 아빠가 갑자기 두 손을 내밀더니 공손히 표를 받고는 미녀를 향해 살인미소까지 날렸다. 아빠에게는 미인이 진통제보다 더 좋은 약인가 보다. 어젯밤 아빠가 아프다고 할 때 엄마와 영상통화라도 하라고 할 걸.

플랫폼에 세워진 기차가 많아 우왕좌왕하고 있는데, 안내원이 다가와 아무 것이나 타도 제네바로 간다고 알려주었다. 우리는 이왕이면 다홍치마라고 가장 빠른 기차를 안내원에게 물어보았고, 덕분에 'Express'라고 적힌 기차에 올라탈 수 있었다. 아빠와 나는 2층의 전망 좋은 창가에 자리를 잡고 공짜 티켓을 흔들며 조금 전 만난 미녀에 대해 수다를 떨었다. 그런데 점점 일이 잘못되어간다는 생각이 들기 시작했다. 분명 내려야 할 시간이 지난 것 같은데, 기차가 멈추지 않았다. 걱정이 되어 옆 사람에게 물어보니 제네바는 아주 오래전에 지났다며 안타까운 표정을 지었다.

출발한지 5분도 안 되어 잠시 멈춘 곳, 사람들이 많이 내려서 자리가 생겼다고 좋아하던 곳이 제네바였다니!

고속열차는 이름에 걸맞게 쉬지 않고 계속 달렸고, 검표원은 어느새 우리 앞에 다가와 티켓을 보여달라고 말했다. 우리는 오늘 아침에 타고 온 비행기표와 스위스 공항에서 얻은 기차표를 보여주며 실수로 제네바에서 내리지 못해 난감한 상황이라고 설명했다. 슈렉에 나오는 고양이 눈빛을 하며 설명한 덕분인지, 아니면 우리말고도 공짜 기차에 신나하며 제네바를 지나치는 사람들이 많았기 때문인지 검표원은 돌아오는 기차는 티켓이 있어야 한다는 이야기만 하고 지나갔다.

기차는 1시간이 지나서야 멈춰 섰다. 이제 공짜 표는 사라지고 제네바로 돌아가야 할 비싼 표를 사야 하는 상황이 벌어졌다. 분명 조금 전까지 웃던 아빠는 다시 아파졌는지 어제보다 더 어두운 얼굴로 하얀 담배연기만 뿜어냈다. 나는 매표소에 갔다가 기차표 가격에 놀라 바로 구매하지 못하고 플랫폼과 매표소 사이를 왔다 갔다 하며 다른 방법을 찾기 시작했다. 유레일패스의 남는 날짜와 해당 구간, 가격을 미친 듯이 계산해 흩어진 정보를 퍼즐처럼 맞추니 하루 정도 여유가 있어 보였다. 때마침 열차가 들어왔고 나는 너무 기쁜 나머지 '유레카' 대신 '무임승차'를 외치면서 플랫폼으로 들어오는 제네바행 기차 속으로 뛰어들었다. 그리고 긴장이 풀려 금방 잠이 들었다.

한참 뒤 눈을 뜨니 아빠의 얼굴이 아까보다 더 퀭했다. 진짜 무임승차라고 생각한 아빠는 곤히 잠든 딸을 깨워 물어보지는 못하겠고,

한편으로는 검표원에게 걸려 굉장한 벌금을 내게 될까 걱정이 되었나 보다.

아빠, 미안해. 그리고 나는 공짜가 어울리지 않나봐. 특히 고속이 더해진 공짜 말이야. 한눈팔다가 내려야 할 곳에 내리지 못하잖아. '고속'이라는 화려한 단어에 끌려 다니며 쓰지 않아도 되는 힘만 빼게 되잖아.

우리가 그날 공항에서 기차표를 샀다면, 기차표에 내려야 할 시간이 적혀 있었을 거야. 우리가 그날 일반 기차를 탔더라면, 주위의 풍경에 한눈을 팔아 잘못 내렸더라도 다시 돌아오는 데 부담이 없었을 거야.

아빠, 나는 시간과 노력을 지불한 만큼만 누리고 살래.
내가 컨트롤할 수 있는 만큼만.
딱 그만큼만.

댄싱 위드 파파

***

바람결에 푸릇한 향기가 실려오는 인터라켄의 오후.

따뜻한 햇살을 온몸으로 맞으며 아빠는 연두색, 나는 주황색 머그잔에 따끈한 원두커피를 들고서 공원 벤치에 앉아 눈 덮인 산을 바라보았다. 색색의 패러글라이딩이 하늘을 수놓고 있다.

스위스는 모든 곳에서 싱그러운 향기가 났다.

자연에서도 사람에게서도.

우리는 커피잔을 든 서로의 새까만 손을 보고는 동시에 웃음을 터뜨렸다. 아빠는 여행 중 까맣게 탄 피부는 열심히 여행하고 있다는 증거이니 멋있어 보이지 않느냐면서 하늘 위로 손을 쭉 뻗었다. 나도 아빠를 따라 손을 쭉 뻗어 보았다. 아빠는 내 손을 자신의 손 위에 얹어보라고 했다.

"이렇게 작은 손으로 세상을 살아가고 있단 말이야?"

아빠가 내 손을 이리저리 쳐다보더니 따뜻한 손으로 꼭 잡아주었다. 나는 문득 아빠에게 하고 싶은 말이 떠올랐다.

"아빠, 만약 램프의 요정 지니가 나타나서 다른 누군가의 삶과 바꿔준다고 말하면 아빠는 뭐라고 말할래? 나는 그냥 나로 살고 싶다고 1초의 망설임도 없이 이야기할 거야. 나는 지금의 내가 참 좋거든. 그리고 지금 아빠랑 함께 있는 오늘의 나도 참 좋아."

스위스의 풍경 속에 우리가 녹아들어가도록 한동안 아무 말 없이 앉아있었다. 오늘 하루가 내게 소중했듯이 아빠에게도 오늘 하루가 오래도록 기억나는 하루가 되었으면 좋겠다고 생각했다.

어떻게 하면 좋을지 곰곰이 생각하다가 아빠가 쇼윈도에 진열된 스위스 칼을 유심히 보던 것이 떠올랐다. 비밀스럽게 사와서 아빠에게 깜짝 선물로 줄까도 생각했지만, 함께 고르는 순간도 기억에 오래 남을 것 같았다. 나는 벤치에서 일어나 손을 뻗어 아빠를 일으키며 말했다.

"우리 스위스 칼 사러 갈까?"

아빠는 진열된 수많은 녀석들 중에서 맘에 쏙 드는 칼을 골라 손가락으로 가리켰다. '맥가이버'라는 드라마가 한참 유행하던 어느 해에 아빠가 내게 선물해 준 것과 닮았다. 나는 그 선물이 더 특별해졌으면 하는 마음에 가게 점원에게 각인을 부탁했다.

'Dancing with Papa'

아빠는 작은 스위스 칼을 손 위에 올려놓았다.
"이제 요 녀석은 고유명사가 되었네?"

아빠와 함께 춤을 추는 것처럼
신나고, 즐거운 이 시간이 영원히 끝나지 않았으면 좋겠다.

댄싱 위드 파파!

어제는 하늘을 달리고
오늘은 바람이 되었다

***

    누군가 인터라켄 여행의 꽃은 산악열차의 밖으로 펼쳐진 자연과 융프라우의 절경을 보는 것이라고 했다. 하지만 우리가 기억하는 융프라우는 정상에서 먹은 컵라면과 설산을 배경으로 점프샷을 찍겠다면서 무리하는 바람에 겪은 어지럼증, 이것이 전부다.

    우리는 오래 전 중국 차마고도의 옥룡설산에서 겪었던 고산병 사건을 기억했어야만 했다. 덕분에 돌아오는 산악열차에서 창 밖 한 번 보지 못하고 누군가 도착했다며 어깨를 흔들어 깨울 때까지 잠들어버렸다. 하지만 그런 우리에게도 심장 뛰는 멋진 순간이 있었다. 그 중 한 번은 내 심장이 너무 뛰다 못해 멎는 줄 알았다.

'피르스트 플라이어'

아빠는 산악열차 VIP 패스에 끼워진 쿠폰을 유심히 보더니 재미 있겠다면서 내게도 보여준다. '플라이어(Flieger)'라는 단어를 본 순간 내 몸에서 보호본능이 일어난다. 고소공포증이 심해 놀이기구도 못 타는 나는 절대 타지 않겠다고 선언했지만, 아빠는 듣는 둥 마는 둥 이다.

아빠의 단호한 결의에 끌려 억지로 그린델발트에서 피르스트 산 으로 향하는 케이블카를 탔다. 케이블카는 '덜컹' 하는 소리와 함께 빠른 속도로 올라갔다. 비행기를 제외하고 하늘에 떠 있는 모든 것을 무서워하는 나는, 아빠 옆에 찰싹 붙어 최대한 다른 생각을 하려고 노력했다. 그런데 아빠는 무엇이 그리 좋은지 얼굴과 팔을 창 밖으 로 내밀고 계속 감탄사를 외쳐댔다. 그리고 나를 굳이 일으켜 세워 자꾸만 밖을 보라고 했다. 못이긴 채 창 밖의 풍경을 계속 보고 있으 니 점차 심장의 떨림이 잦아들고, 끝없이 펼쳐진 초록 목초지 위로 소들이 팔자 좋게 졸고 있는 것까지 눈에 들어왔다.

그러나 케이블카 아래로 별똥별처럼 사라지던 것들이 피르스트 플라이어를 타던 사람이라는 것을 알게 된 후로 잠시 찾아왔던 안정 감은 완전히 사라지면서 다리까지 후들거리기 시작했다. 어쩐지 케 이블카가 끊임없이 올라가더라니!

정상에서 줄을 서서 기다리는 사람들은 모두 기대에 찬 표정으로 자신의 차례를 기다리고 있다. 열 살도 안 된 꼬마들은 신난다며 소 리를 지르고, 키가 작아서 탈 수 없을까봐 걱정했다. 그렇지만 나는 하늘에 기도를 드렸다.

'저걸 타고 쓰러지기 전에 그냥 여기서 기절하게 해 주세요.'

아빠는 눈을 감았다 뜨면 도착할 거라고 나를 달랬지만, 내 귀에 는 하나도 들어오지 않았다. 지금이라도 도망갈 수만 있다면 도망가고 싶었다. 나는 최대한 불쌍한 표정으로 손에서 흐르는 땀을 아빠에게 보여주며 밑에서 기다리고 있으면 안 되냐고 물었지만 아빠는 아주 단호했다.

'저걸 안 타면 아빠가 아쉬워할 거고, 저걸 타면 내가 죽을 것 같은데……. 차라리 타다가 기절하는 편이 내가 덜 미안해지는 방법이 겠지?'

답을 못 내리고 우왕좌왕하는 동안 내 차례가 와버렸다. 플라이어 직원은 이런 장면을 수도 없이 봤다는 듯 나에게 가차 없이 행동했다. 나를 기저귀 같이 생긴 것에 태우더니 이제 출발한다면 발을 떼라고 했다. 아빠는 연신 엄지를 흔들면서 "우리 딸, 파이팅!"을 외친다. 안전한 건지 물어보려고 뒤를 돌아보는 순간 이미 문이 열리고 내 몸은 하늘에 떠있다. 아빠는 옆에서 "야호!" 소리를 지르며 양팔을 벌려 새처럼 날아간다. 처음에 기겁을 하면서 무섭다고 소리를 지르던 나도 어느새 하늘을 신나게 날고 있다.

'철컹' 하는 소리와 함께 우리는 순식간에 도착했다. 아빠와 나는 하늘을 난 기분이 가시지 않아 그 자리를 쉽게 떠나지 못했다. 우리는 하늘을 날던 때처럼 팔을 양 옆으로 벌리고 활공했던 순간의 기분을 기억하면서 다시 한 번 외쳤다.

"우와! 정말! 진짜! 대박! 최고!"

다음 날 아침, 우리는 '트로티 바이크'를 찾았다. 트로티 바이크는 어렸을 적 타던 씽씽카와 비슷했다. 직원은 넘어지면 아플 거라는 주의사항 정도를 이야기하며 우리에게 트로티 바이크를 넘겨주었다.

우리가 달리는 길 옆에는 멀리서 바라만 보았던 집도, 풀도, 작은
꽃도, 소들도 손을 뻗으면 닿을 거리에 있었다. 숨이 막힐 듯이 아름
다운 풍경이 나오면 멈추어 서서 가까이 다가가보기도 하고 한 발짝
물러나 바라보기도 했다. 소를 가까이 보고 싶어서 다가가다가 전기
감전기에 걸려 말 못할 짜릿함을 느끼기도 했다.

아빠와 나는 점점 스피드를 냈다.
스위스의 풍경이 바람으로 다가와 안긴다.

우리는 어제 하늘을 달리고,
오늘은 바람이 되었다.

자연과 공존하는
삶

***

지구상에서 가장 이상적인 나라를 선택하라면,
나는 서슴없이 '스위스'라고 말할 수 있다.
굴뚝에 연기 하나 내뿜지 않으면서도 잘 사는 나라.
흔한 문화유적 하나 없으면서도 관광객이 끊이지 않은 나라.
험준한 자연에 그대로 순응하며 자연을 소중히 여기는 나라.
꽃보다 예쁜 건물이 가느다란 길을 따라 올망졸망 걸려 있고
소들이 한가롭게 풀을 뜯는 초록의 여백이 싱그러운 나라.

기찻길도 단선이다.
스위스 기차는 아주 짧게 다음 도시까지만 연결해 주고 되돌아간다.
철로를 놓는 데 따른 자연훼손을 최소화하기 위해서다. 그래서 기차
시간은 톱니바퀴처럼 맞물려서 돌아간다.

쓸고, 깎고, 다듬고, 가꾸고,
길거리에 먼지 하나 없다.
키 큰 잡초 한 포기도 없다.

스위스에는 햇빛과 공기마저도 아름답다.
사람마저도 자연처럼 보인다.

누굴 닮았을까?

※

딸의 배포에 깜짝 놀랄 때가 한두 번이 아니다.

공항에서 제네바 시내까지는 무료로 기차를 탈 수 있었지만, 둘 다 다른 생각을 하다가 제네바를 지나쳐 로잔까지 와버렸다. 중간에 표 검사를 받았는데, 자초지종 설명을 해서 별도의 요금은 지불하지 않았다.

'제네바로 돌아가는 기차표는 어떻게 하지?'

무임승차로 걸리면 상당한 금액을 물어야 한다는 것을 들은 적이 있는 나는 딸에게 표를 사자고 했지만, 딸은 내 말에 눈도 꿈적 하지 않고 태연했다.

"걱정하지 마. 내가 누구야."

그리고 호기롭게 1등실로 들어갔다. 나는 혹시나 하는 조바심에 제네바로 오는 내내 불안에 떨었다. 다행히도 표 점검은 없었다.

내 불안감을 돈으로 환산하면 얼마나 될까?
딸은 누굴 닮았을까?

김치찌개, 삼겹살, 그리고 막걸리

***

제네바에서 시티호스텔 숙소를 찾아가던 중 아주 우연히, 어쩜 운명처럼 한식당을 발견했다. 갑자기 시큼한 김치찌개를 먹고 싶다는 생각이 온몸을 지배했다. 며칠 동안 아파서 제대로 영양 공급을 받지 못한 나의 몸은 김치찌개를 먹으면 바로 회복될 거라면서 나를 유혹했다.

도대체 김치찌개의 가격은 얼마일까? 나는 음식점 밖에 서 있고 딸을 슬쩍 들여보내 메뉴와 가격을 알아보게 했다.

'김치찌개 28유로, 공깃밥 추가 3유로! 그럼 둘이 먹으면 얼마야? 거의 10만 원?'

우리는 비싼 가격에 충격을 받고 그냥 돌아서고 말았다. 그런데 숙소에 왔는데도 김치찌개 생각이 떠나지를 않았다. 딸에게 의견을 물었더니 딸은 단호하게 "NO!"라고 대답했다.

그럼 그렇지. 이 상황을 한국에 있는 아내와 작은딸에게 약간의 엄살을 섞어 문자를 보냈다.

"어쩜 좋아? 김치찌개 한 그릇 먹으면 병이 싹 나을 것 같은데, 그런데 가격이 너무 비싸."

아내는 입장이 곤란한지 감감무소식인데, 작은딸로부터는 곧바로 문자가 왔다.

"아빠, 걱정하지 말고 먹어. 언니한테 지금 10만 원 보냈어."

작은딸은 제 언니보다 통이 크다.

스위스 물가가 거의 살인적이라는 걸 오기 전부터 알고는 있었다. 그런데 메뉴판에 적혀 있는 가격을 실제로 마주하는 순간 비로소 실감이 났다.

'와! 이거 장난이 아니다.'

우리는 바라던 김치찌개를 주문하면서 좀 얼큰하게 해달라는 말도 잊지 않았다. 옆 테이블에는 삼겹살이 푸짐하게 구워지고 있었다. 그 귀한 한국 맥주와 소주, 심지어 막걸리까지 곁들이면서 삼겹살을 상추에 한가득 싸서 입으로 가져가는 모습이 행복해 보이기까지 했다. 넘어가는 옆사람의 술잔에 눈을 떼지 못하고 침을 꼴딱 삼키는데, 갑자기 초라해짐을 느꼈다.

'아, 이런 것이 상대적 빈곤이구나.'

빈 속에 매운 것을 퍼부어 넣었더니 속이 따갑고 부글거렸다. 슬기도 나와 같은 증세를 보였다. 우리는 아픈 속을 부둥켜안고 밤을 보내야만 했다.

컨디션이 엉망이다. 모로코를 떠나던 날 얻은 몸살을 달고 산다. 어제 먹은 매운 김치찌개 때문인지 속도 아프고 식욕도 없다. 집 나오면 아프지 말고 아무거나 잘 먹어야 하는데 걱정이다. 지난밤은 거의 뜬 눈으로 보냈다. 왜 잠도 오지 않는 걸까?

새벽 6시, 아무도 없는 호스텔 식당으로 내려와 융프라우에 올라가서 먹을 계란 4개를 삶고는 소금이 어디 없나 식당 안을 이리저리 뒤적거리다가 정말 우연히 겉면에 'free'라는 스티커가 붙은 고추장 튜브 하나와 물에 데워 먹는 짜장소스를 획득하는 행운을 잡았다.

'이렇게 기쁠 수가! 유레카! 오늘 저녁에 딸에게 먹이면 되겠다.'

아픈 것도 잊어버리고 기분이 업되면서 신이 났다. 좋아할 딸의 얼굴이 눈에 선하다.

요즘 딸의 얼굴이 말이 아니게 야위었다. 얼굴에 흰 버짐처럼 각질도 보인다. 딸은 어제 저녁 한식당에서 다른 여행객들이 삼겹살 구워먹는 것을 보고 삼겹살 노래를 불렀다. 그런데 여기 슈퍼에서도 삼겹살, 상추, 게다가 쌀도 판다고 한다.

저녁에는 고슬고슬 밥도 짓고, 노릇노릇 삼겹살도 굽고, 상추도 깨끗이 씻어 물기를 탁탁 털어 식탁에 올리고, 오늘 아침 내게 온 고추장과 짜장소스도 함께 곁들여 딸에게 근사한 만찬을 대접해 주어야겠다.

작은 행복

***

이른 아침, 세탁실은 아무도 없다. 딸의 옷에서 땀냄새와 함께 딸아이 특유의 고소한 냄새가 난다. 코인을 넣으면 자동으로 작동되는 세탁기의 울림이 아늑함을 더해준다.

세탁이 되는 동안 어제 남겨놓은 밥으로 볶음밥을 만든다. 프라이팬에 버터를 두르고, 먼저 풀어놓은 달걀을 곱게 펴서 익힌다. 그 위에 찬밥과 잘게 썬 당근을 넣어 함께 주걱으로 저어가며 볶는다. 물론 간을 맞추기 위해 소금과 후추도 살짝 뿌리면서. 그리고 끓는 물에 달걀을 풀어 소금 간으로 국도 만든다. 이제 딸을 부를 차례다.

"내려와서 밥 먹자."

루체른 행 특급열차 1등실은 자리도 널찍하고 창도 크다. 오른편 창쪽에 앉아 창 밖으로 보이는 알프스와 푸른 하늘을 머금은 호수, 예쁜 집들을 넋을 잃고 바라본다. 여기저기서 감탄사와 함께 풍경을 사진에 담느라 바쁘다. 어쩜 집 하나도 저렇게 예쁘게 지을까? 자연을 보듬는 저들이 참 부럽다.

루체른 역을 빠져나오면 왼편에는 유명한 카펠 교가 있고, 오른쪽에는 유람선 선착장이 있다. 먼저 빨간색 지붕과 꽃들로 장식된 카펠 교로 간다. 많은 사람이 다리가 호수에 투영되는 모습을 사진에 담느라 분주하다. 나도 다리의 모습이 가장 잘 보이는 곳에 딸을 세우고 사진으로 남긴다. 다리 뒤편의 아름다운 건물 사이로 골목길을 따라 걷다 햇볕이 잘 드는 광장 모퉁이 카페에 앉아 따끈한 초콜릿 퐁듀를 먹으며 여행의 작은 행복을 느껴보기도 한다.

알프나흐슈타트로 가는 선착장에는 고니 무리가 강아지처럼 노닐고, 싱그러운 청춘들이 배를 기다리며 놀이를 하고 있다. 우리는 조망이 좋은 선실 2층에 앉아 아침에 준비한 샌드위치와 약간 미지근하지만 쌉쌀한 맥주를 홀짝이며 늦은 점심을 먹는다. 수면을 따라 주위 경관이 미끄러져 지나가는 것을 바라본다. 루체른의 아름다운 모습이 멀어져 간다.

인터라켄으로 돌아오는 기차에서 50대 한국 여성을 만났다. 몇 년 전 크게 아픈 이후로는 모든 걸 제쳐두고 혼자 세상을 구경하러 다닌다고 한다. 열정에 부러움을 보내며 늘 건강하기를 바랐다.

아직 큰 병 없이 잘 버텨주는 고마운 내 몸에게
오늘 저녁에는 포도주 한 잔을 선물해야겠다.

자식 키우는 재미

***

인터라켄에는 한국인 천지다. 역 앞의 대형 슈퍼 'Coop'에는 장을 보는 한국인들로 북새통이고, 융프라우에도 한국인이 먹는 컵라면이 하루에 수백 개씩 된다.

우리가 묵는 숙소도 이미 한국인이 점령했다. 아침, 저녁 식사시간이 되면 취사장은 전쟁터로 변한다. 전기밥통과 조리대, 식탁을 먼저 차지하기 위한 쟁탈전이 한바탕 지나가면, 삼겹살을 구울 때 나는 칙칙거리는 기름소리와 연기가 숙소를 가득 채운다. 그러면 몇 안 되는 외국인들이 샌드위치나 빵을 들고 식사하러 왔다가 사색이 되어 황급히 도망쳐버리기도 한다. 이런 소문이 돌았는지 그 많은 중국인이 이곳에는 코빼기도 보이지 않는다.

딸의 지휘 아래 젊은 한국인 친구들이 일사분란하게 움직이고 있다. 이럴 때 딸의 친화력과 리더십이 빛을 발한다. 조리대 한 편을 차지하고 밥도 하고, 삼겹살도 굽고, 각자가 고이 모셔둔 김치, 깻잎 장아찌, 고추장, 포도주와 맥주로 풍성하게 어우러진 식탁을 차린다.

식탁에는 모처럼 젊은 웃음들로 넘쳐난다. 딸은 혹시나 내가 어색해 할까봐 이야기할 기회도 많이 준다. 마지막 남은 금쪽같은 김치 한 점을 삼겹살과 함께 재빨리 나에게 내미는 딸이 너무 예쁘다.

이 재미로 자식 키우지.

내 딸 하이디

***

두 팔과 양다리를 마음껏 펴고 달려간다.
스위스의 맑은 바람이 딸의 머리카락을 타고 흐른다.
햇빛을 등질 때면 윤기를 머금은 머리카락이 강물처럼 빛난다.

새끼손톱만 한 노란 꽃들이 푸른 초지에 별처럼 박혀 있다.
길은 초지 사이로 완만한 하향 곡선을 그리며 흘러간다.
작은 나무로 울타리를 곱게 두른 소담한 집들이 길 옆으로 앉아 있다.
소들이 요령을 뎅그렁거리며 딸을 쳐다본다.

딸은 알프스의 소녀 하이디가 되었다.
얼굴 표정과 목소리가 봄철 종달새처럼 파릇하다.

잔소리의 역할

***

　물의 도시 베네치아로 가는 기차에 올라탔다. 우리가 탄 기차 칸은 양 옆으로 길게 일자로 놓인, 서로 무엇을 하는지 한눈에 볼 수 있을 정도로 조금은 민망한 자리였다. 동양인을 힐끔거리며 쳐다보는 눈빛 때문인지, 뒤로 젖혀지지 않는 의자 때문인지, 아빠가 불편해 보였다. 아빠는 귓속말로 속닥거렸다.

　"의자가 이상해. 기차가 움직일 때마다 몸이 앞으로 자꾸 튀어나와. 이러다 저 양반 품에 안기겠어.

　앞에 앉은 사람들은 전혀 미동도 없어. 무거워서 그런가? 그런데 제일 큰 문제는 안기고 싶은 사람이 없단 거야. 우리도 배가 좀 더 나올 수 있도록 분발하자. 맥주, 콜?"

　가방 속에서 이리저리 흔들렸을 맥주 캔의 뚜껑을 조심스레 열고 넘치는 거품을 얼른 입으로 호로록 빨아들인 후 조그맣게 건배를 외쳤다. 맥주가 몸에 들어가자 우리의 자세는 아까와 달리 매우 편안해졌다. 그런데 이제는 우리 바로 앞자리의 남자가 좀 불편해 보였다. 눈동자가 맥주 캔을 따라 움직이는 것도 모자라 입을 벌리고 우리를 쳐다보고 있었다. 남자가 부인에게 맥주를 마시고 싶다는 제스처를 하니 부인으로 보이는 여성은 맥주병 하나를 가방에서 꺼내어 건넸고(유럽 남편을 둔 부인의 가방 속 필수품은 맥주인가 보다), 남자는 받자마자 병뚜껑을 따기 시작했다. 그 순간 맥주가 폭포수처럼 남자의 바지 위로 쏟아졌다. 남자는 바지를 닦기 위해 남은 맥주를 테이블에 올려놓고 엉거주춤한 걸음으로 화장실로 갔다. 그런데 또 한 번 안타까운 상황이 발생했다. 기차가 흔들리면서 테이블에 있던 맥주병이 바닥을 뒹굴며 샴페인마냥 온몸의 액체를 장렬히 뿜어냈다. 그 장면을 본 남자들의 표정을 보니 모두 한마음이다.

'아, 아깝다.'

부인은 당황한 표정으로 바닥을 닦기 시작했고, 일이 마무리될 무렵 남자가 돌아왔다. 부인은 남자의 등을 사정없이 때리며 기차의 기적소리보다 더 높은 데시벨의 목소리로 잔소리 미사일을 쏘아댔다. 같은 칸에 탄 남자들은 모두 덜컹거리는 기차리듬에 맞춰 쉬지 않고 혼나는 남자를 측은하게 바라보았고, 여자들은 모두 '그렇게 왜 흔들리는 기차에서 맥주를 마셔서 그 난리냐.'라는 표정을 지었다. 혼나는 남자는 아무 말도 못하고 뒤통수를 긁으며 눈만 꿈뻑거린다.

'이 표정을 어디서 봤더라.'

아, 아빠가 만취가 되어 들어온 다음 날의 표정과 닮았다.

숨 막히는 상황이 종료되고 기차 안은 다시 어색한 정적이 흘렀다. 나는 아빠에게 아주 작은 목소리로 결혼을 해도 잔소리 많은 아내는 되지 않을 거라고 속삭였다. 그런데 예상 밖의 대답이 돌아왔다.

"결혼하면 부인의 역할 중 잔소리는 필수야. 남편은 숨만 거칠게 쉬어도 잔소리를 들어야 하지. 그리고 이건 너만 알고 있어. 정말 비밀인데……, 나는 너희 엄마 잔소리가 좋아. 내가 살아있다는 걸 느끼거든."

얼마 후 기차 칸에 맥주를 파는 카트가 들어왔다. 아내들은 남편이 마시고 싶다는 말도 안 했는데, 남편의 손에 맥주를 쥐어주었다.

부부란 정말 알다가도 모를 이상한 관계인 것 같다.

아빠와 아이스크림

***

"캬~"

아빠의 마음 속 깊은 곳에서 우러난 포르테 세기의 감탄사가 또 들려왔다. 이번에 찾은 아이스크림가게도 아빠 마음에 쏙 들었나 보다.

아빠는 아이스크림을 정말로 좋아한다. 그래서 우리 집 냉동실에는 항상 아빠를 위한 아이스크림이 구비되어 있다. 아이스크림이 없으면 "어째서?"라는 탄식과 함께 정말 슬픈 표정으로 냉동실 문을 닫는다. 그런 의미에서 아이스크림의 천국, 이탈리아는 아빠에게 '이보다 더 좋은 곳은 없다!'라고 외칠 만한 파라다이스였다.

아빠의 작지만 확실한 행복을 위해 우리는 여행하는 모든 도시에서 아이스크림을 맛보았다. 그리고 우리는 지금 이탈리아 베네치아에서 첫 아이스크림을 구매하려고 시도하고 있다. 지금까지 다른 도시에서는 3유로에 한 가지 맛만 고를 수 있었는데, 이곳에서는 두 가지 맛을 고를 수 있다고 했다. 아빠는 무척이나 설레었는지 무슨 맛을 고를지 묻는 점원의 물음에 말을 더듬었다.

"You, You recommend(당, 당신이 추천해 주세요)!"

가게 점원이 아이스크림을 퍼서 콘 위에 담는 모습을 쳐다보는 아빠의 표정이 진지하다. 콘 위에 어른 주먹만 한 크기의 아이스크림이 두 번 올려지고 그것이 아빠의 손으로 다시 옮겨진다. 유럽의 다른 도시보다 훨씬 큰 아이스크림에 감동한 아빠는 맛을 보더니 감탄사를 연발한다.

"캬, 내가 원했던 게 바로 이거야."

그 모습을 포착하려 사진기를 들이대니, 아빠는 이건 억지웃음이 아니라 너무 좋아서 자연스레 터져나오는 웃음이라고 이야기한다.

"아빠는 아이스크림이 그렇게 좋아?"

"딸, 지금 말할 시간이 없어. 녹기 전에 얼른 먹어야 해."

이탈리아의 아이스크림은 아빠가 묘사한대로 다른 나라의 아이스크림과는 격이 달랐다. 쫀득하면서도 부드러운 그 맛이란! 우리는 이탈리아의 골목에서 한국의 커피숍보다 많은 아이스크림 가게를 만났고, 아빠는 모든 가게의 아이스크림을 맛보는 것은 불가능하다는 사실에 슬퍼했다. 급기야 목이 마르면 물 대신 아이스크림 가게를 찾더니 새로운 버킷리스트까지 만들었다.

"이탈리아의 모든 아이스크림을 맛보고 죽는다면, 그것도 멋진 인생 아니겠니?"

덕분에 함께 찍은 이탈리아의 기념사진 속에는 아이스크림을 손에 들고 헤벌쭉 웃고 있는 아빠의 모습이 대부분이다. 베네치아 리알토 다리를 배경으로 한 사진 속의 나는 얼굴에 초콜릿 아이스크림이 묻은 것도 모른 채 좋다고 웃고 있고, 사진 찍는 것은 신경도 쓰지 않고 아이스크림 먹는 것에만 집중하고 있는 아빠가 담겨 있다.

***

복잡하고 좁은 수로와 골목 때문에
길을 잃기 쉽다는 악명 높은 베네치아.
하지만 베네치아를 헤매는 일이 우리에게는 매우 신나는 일이었다.
길을 잃으면 새로운 아이스크림 가게가 나올 테니 말이다.

낭만병

***

아빠와 만날 때 나는 언제나 약속 시간보다 2~3분 정도 늦게 나오곤 했다. 내가 가장 좋아하는 아빠의 모습을 만나기 위해서다. 아빠가 기다리는 장소와 자세는 언제나 한결같다. 내가 걸어 나왔을 때 가장 먼저 아빠를 발견할 장소에 서서 딸이 언제 나오나 계속해서 쳐다보다가 내가 보이면 두 손을 어깨 높이로 올리고 반갑게 흔들며 "딸! 왔어?"라고 외친다. 아빠에게 왜 매번 일찍 나와 기다리는지, 기다리는 동안 내가 오는 길을 바라보고 있는지 물어본 적이 있다.

"너도 사랑하는 사람 생겨봐라. 같이 있는 시간만큼 기다리는 시간도 좋아."

오늘도 아빠는 약속한 시간보다 일찍 1층 로비로 나와 나를 기다리고 있다. 그런데 나를 반기는 모습이 어딘가 시무룩해 보였다. 경치 좋은 노천카페에서 아침을 먹고, 무려 3단으로 쌓인 아이스크림도 아빠의 손에 쥐어주었다. 하지만 아빠의 기분이 도무지 나아지질 않고 오히려 더 나빠지고 있다. 아빠에게 이유를 물어보아도 이야기하지 않는다. 이럴 때는 아무 말 없이 옆에 있는 게 최고다.

잠시 후 초호화 호텔을 통째로 갑판 위에 올린 배들이 차례로 베네치아 항구에 정박하는 것을 하염없이 바라보던 아빠가 입을 열었다.

"데이트하고 싶어!"

그렇다. 아빠는 상사병 다음으로 무서운 '낭만병'에 걸린 것이다. 이 병은 사랑받는 것 말고는 약도 없다던데……. 크루저 사장들이 '세계의 금실 좋은 부부 선발대회'라도 열어서 손님을 뽑았는지, 배에서 내리는 부부들의 모습이 너무도 행복해 보여서 결혼에 대해 별 생각 없는 나조차도 부러워 죽을 지경이다.

아빠의 금단 증상을 줄이기는 매우 어려워 보였다. 그래서 나는 '엄마와 아빠를 위한 베네치아 데이트 코스 사전 답사'라는 이름으로 낭만적인 거리를 찾아 엄마에게 보낼 멋진 사진을 찍자고 제의했고, 아빠도 매우 마음에 들어 했다.

수상버스 바포레토를 타고 부라노 섬으로 가는 길.

우리 앞에 앉은 여행객이 사진을 찍어대느라 열어놓은 창문으로 갑자기 파도가 들이닥쳐 아빠의 얼굴을 강타했다. 순식간의 일이라 모두 당황하는 순간, 파도가 또 한 번 들이쳤다. 아빠는 쿨럭이면서 입에 생선이라도 키우는 것처럼 많은 바닷물을 뱉어냈고, 몇 올 남지 않은 아빠의 하얀 머리카락은 젖은 미역처럼 축 늘어졌다. 게다가 아침에 새로 꺼내 입은 옷은 숨죽인 김장김치처럼 절어 있었다. 이렇게 안타까운 상황을 맞이한 아빠를 위로해야 했지만, 어찌나 웃기던지 못난 딸은 아빠의 모습을 보며 발끝 말초신경부터 참아내던 웃음을 끝내 터뜨리고 말았다.

"크읍!"

사건은 못난 딸의 웃음에 아빠가 멋쩍은 웃음으로 답하는 것으로 어색한 분위기를 마무리했고, 우리는 드디어 부라노 섬에 도착했다.

Shall we love

***

선글라스를 써도 눈부실 정도의 강한 태양은 부라노 섬의 아기자기한 집을 더욱 돋보이게 했다. 주말이라 다들 가족과 함께 나들이를 갔는지 보트 위에서 떠드는 아이들의 소리 외에는 마을이 조용하다. 아빠는 운하에 걸터앉아 보트에 광을 내는 아저씨를 보며 우리 가족이 시골로 드라이브를 떠났던 그때의 추억을 "세상을 다 가진 것 같았어."라며 회상했다.

어렸을 때 주말 아침이면 아빠는 동생과 나를 데리고 아파트 1층 주차장으로 가곤 했다. 그곳에서 아빠와 나의 첫 차인 남색 에스페로를 거품을 내어 물로 씻고 스펀지에 왁스를 묻혀 광을 냈다. 동생과 내게는 세차가 아빠와 함께하는 하나의 놀이와 같았다. 거품으로 장난을 쳤고, 햇빛을 등지고 물을 뿌려 무지개를 만들기도 했다. 베란다에서 우리를 지켜보던 엄마는 세차가 끝날 시간이면 정성스럽게 도시락을 준비해 1층으로 내려왔고, 우리는 시골길로 드라이브를 떠났다. 나는 문득 그때의 그 시절이 그리워졌다.

지금처럼 손쉽게 김밥을 살 수 있는 분식집도, 자동 세차 시설도 없었기 때문에 우리는 어쩌면 함께 있는 시간이 많았을지도 모른다. 먼 훗날 지금 이 시간을 떠올려봤을 때도 그때만큼 낭만적일까?

해질녘이 되어 우리는 베네치아 운하를 유유히 유영하는 곤돌라에 올라탔다. 뱃사공은 잔잔한 물결을 일으키며 부드럽게 노를 젓는다. 머리 위로는 햇볕에 바짝 마른 빨래들이 바람에 나부끼고, 옆으로는 수면과 맞닿은 오래된 건물들이 지나갔다. 분위기에 한껏 취한 우리는 노래를 흥얼거렸다.

시간이 바람처럼 지나갔다. 약속된 30분이 지나 곤돌라는 산 마르코 광장 어귀에 우리를 내려주었다. 짙은 어둠이 깔린 광장 근처 분위기 좋은 레스토랑에서 사랑의 세레나데가 흘러나온다. 지구상에 이보다 더 완벽하게 사랑을 속삭일 만한 곳이 어디 있을까? 중년의 부부가 다정하게 식사하는 모습을 부럽게 쳐다보던 아빠의 모습을 사진으로 찍어 엄마에게 문자를 보냈다.

"아빠가 엄마를 참 많이 사랑하나 봐요."

사랑을 고백할 수밖에 없는 도시 베네치아.
그리움이 일렁이는 베네치아의 물결 위로
달빛과 별빛이 춤을 춘다.

Shall we dance?
Shall we love?

셰프 리의 탄생

***

부엌에 있던 아빠의 얼굴이 심각하다. 어떻게든 쌀밥을 먹어보겠다는 집념 하나로 화력이 약한 전기레인지와 뚜껑이 맞지 않는 냄비로 안간힘을 쓰고 있었는데, 갑자기 집의 전기가 나가버렸다. 예상치 못한 적군의 공격에 아빠는 망연자실 넋이 나간 표정이다. 따끈한 쌀밥 위에 배추김치를 쭉쭉 찢어 함께 올려 먹는 순간만 잔뜩 기대하던 우리의 눈 앞에 죽도 밥도 안 된 정체 모를 무엇이 하얀 김을 콜록이며 내뿜고 있다.

"나가서 먹을까?"

나의 질문에도 아빠는 묵묵부답이다. 물만 말아 먹어도 밥이 더 맛있다는 걸 알기에 더 이상 물어보지 않았다.

30분이 지나서야 기다리던 전기가 들어왔다. 아빠는 또다시 공들여 새로 밥을 해야 할지 고민하다 비장한 목소리로 말을 꺼냈다.

"밥을 살려볼게."

물을 붓고 불을 조절하는 아빠의 뒷모습은 전우의 목숨을 책임지는 의무병과 닮았다. 나는 숨소리도 조심하며 수술 결과를 초조하게 기다렸다. 대수술 끝에 냄비밥이 살아났다는 소식이 들려왔다. 수술을 마친 아빠의 이마에 땀방울이 맺혀 있다. 나는 얼른 숟가락을 움켜쥐고 밥을 한 입 먹었다.

"수술이 성공적이네! 이 정도면 식물인간을 걷게 만든 거 아니야?"

나는 아빠를 '신의 손'이라 칭찬했고, 아빠는 어깨를 으쓱하면 대답했다.

"셰프 리라고 불러줘!"

사진의 품격

***

　이른 아침부터 부녀가 아주 작은 일로 열을 내고 있다. 그것도 소설 '냉정과 열정 사이'에 나오는 두 주인공의 로맨틱한 약속 장소였던 두오모 성당 바로 앞에서! 성당이 문을 열 때까지 잠깐의 시간을 이용해 카페에서 티격태격하는 중이다.

사건 번호
　두오모 20150603

사건 전개
　카페에서 모닝커피와 치아바타 샌드위치를 먹는 이 모 씨의 일상을 기록으로 남기기 위해 이 모 양이 사진기를 꺼냈다. 무표정한 얼굴이 마음에 들지 않은 이 모 양은 이 모 씨를 웃기며 열심히 사진을 찍고 있었다. 바로 이때 이 모 씨가 한 말이 이 모 양의 신경을 건드렸다.

　"디지털카메라는 필름 카메라보다 사진의 품격이 떨어져."

　이게 무슨 치아바타 뜯어 먹다 체하는 소리인가? 이 모 양은 눈을 부릅뜨고 이 모 씨를 쳐다보았지만, 이 모 씨는 이를 본체만체하며 커피를 맛있게 들이켰다.

이 모 씨의 주장

어렸을 적 이 모 씨는 이 모 양의 포토그래퍼였다. 이 모 양을 찍기 위해 무거운 필름 카메라를 항상 목에 걸고 다녔다. 한정된 36컷 필름 안에서 최고의 컷을 찍기 위해, 이 모 씨는 온갖 애교와 '우루루루 까꿍' 소리까지 내며 사진을 찍었다. 그러므로 이 모 씨는 무한정 찍을 수 있고 언제든지 지울 수 있는 디지털카메라보다 필름 카메라로 찍은 사진에 더 많은 정성이 들어있다고 주장한다.

이 모 양의 주장

어린 아이는 피부가 뽀얗고 예뻐서 어떻게 찍어도 작품이 된다. 하지만 주름진 아빠를 멋있게 만드는 일은 웅장한 두오모 성당을 한 컷의 프레임에 모두 담기 위해 해야 하는 노력만큼 발품을 팔아야 한다. 이 모 양은 이 모 씨를 멋있게 찍기 위해 때로는 바닥에 눕는 것도 마다하지 않았다. 이 정도면 필름 카메라만큼 정성껏 찍는 것 아닌가? 배심원 판정단 여러분께 결론을 맡길까 한다.

이게 뭐라고

***

400년 전, 피사의 사탑에서 갈릴레오 갈릴레이는 '같은 높이에서 자유낙하하는 모든 물체는 질량과 무관하게 동시에 떨어진다.'는 자신의 이름을 내건 법칙을 시험하고 있었을 것이다. 하지만 지금 우리는 언제 무너질지 모르는 피사의 사탑에서 아크로바틱한 포즈로 사진을 찍고 있다.

방금 한 여자가 한 손으로 물구나무 선 자세로 다리를 뻗어 피사의 사탑을 받치는 포즈로 사진을 찍었다. 모든 관광객이 부러운 눈으로 쳐다보며 환호성을 질렀다. 자극을 받은 여행객들은 아주 오랫동안 이 순간을 위해 준비했다는 듯이 관절을 비틀고 구부려서 기발한 몸동작을 만들어 냈다. 그 광경을 보니 피사의 사탑과 찍은 '희한한 사진'을 자랑하던 대학교 선배가 생각났다.

그 선배는 피사의 사탑보다 더 기울어지기 위해 마이클 잭슨의 린댄스를 무려 6개월간 연습했다고 했다. 그때는 '그게 뭐라고 그렇게나 열심히?'라는 한심한 표정을 지었는데, 막상 이곳에 오니 경쟁심이 샘솟았다. 내가 이곳에서 가장 멋있는 사진을 찍고 말겠다는 이상한 투지 말이다.

아빠와 나는 한낮의 뜨거운 태양 아래에서 땀을 뚝뚝 흘려가며 사진 한 장 건져보겠다고 '생 쇼'를 했다. 각도가 조금이라도 틀어지면 원하는 구성에서 벗어나기 때문에 사진을 찍는 사람과 모델은 사전에 철저한 준비와 약속이 필요했다. 그런 후에도 우리는 "엉덩이를 왼쪽으로, 팔꿈치는 오른쪽으로!"를 외치며 미세한 부분까지 신경을 써가며 사진을 찍었다.

정신을 차리고 주변을 둘러보니 다들 사진을 연출하느라 난리였다. 땀으로 얼룩진 옷을 입고 바닥을 구르는 사람들이 있고 그 속에 아빠와 나도 있었다. 결국 나는 아빠의 손을 잡고 피사의 사탑이 보이지 않는 곳으로 도망쳤다.

그렇게나 열심히 찍었는데 엄마와 동생에게 보낼 '강력 추천' 사진을 찾을 수 없었다. 각도가 맞는 사진은 흔들렸고, 흔들리지 않은 사진은 구도가 이상했다. 그래도 자랑하고 싶었던 아빠와 나는 대충 두 장의 사진을 골라 보냈고, 얼마 후 엄마와 동생에게서 같은 내용이 담긴 답장이 왔다.

"도대체 이게 뭐라고! 옷을 땀으로 다 적셔가며 찍은 거야?"

***

베르나차의 높게 치솟은 절벽 위로
파스텔톤의 집들은 햇빛을 받아 보석처럼 빛나고 있다.
그리고 푸른 바다에는 보석보다 더 아름다운 청춘들이
물장구를 치며 놀고 있다.

여행의 취향

***

태양의 열기가 주춤거리기 시작했을 때 어슬렁거리며 친케테레 한 바퀴를 산책한 후 피렌체로 돌아가는 기차에 올라탔다. 그리고 그곳에서 우연히 여행 중인 한국인 모녀를 만났다. 아주머니가 매우 지쳐 보여서 무슨 일이 있는지 물어보니, 딸에게 이탈리아 여행을 선물받았는데, 정작 본인은 너무 힘들다고 이야기했다. 딸은 딸대로 이국의 아름다운 풍경을 엄마와 공유하고 싶어 여행을 왔는데, 엄마가 힘들어 하니 속상하다면서 우리에게 함께 하는 여행이 정말로 즐거운지 물어보았다.

두 모녀의 상황이 이해가 된다. 아빠와 나도 처음 여행을 함께 했을 때 서로가 무엇을 좋아하고 싫어하는지 알 수가 없어서 하루에 수십 번도 더 싸웠다. 함께 했던 많은 여행지 중 어떤 곳은 내 취향에 맞지만, 아빠의 취향에 맞지 않는 곳도 있고 정반대인 경우도 있었다. 그럴 때면 "이게 뭐야. 겨우 이걸 보러 여기까지 왔단 말이야?" 하며 상대의 기분을 깎아내리기보다 오늘처럼 카페에 앉아 수다를 떨기도 하고, 산책하러 나왔다고 생각하며 동네를 한 바퀴 둘러보는 것으로 만족하기도 했다. 좋아하는 사람과 데이트하러 나왔는데, 레스토랑의 음식이 맛이 없다고 그날 하루의 기분을 통째로 망칠 수는 없으니 말이다.

사실 말은 쉽지만 가족여행은 친구들과 떠나는 여행보다 훨씬 더 어렵다. 어쩌면 '가족여행'이라 쓰고 이렇게 읽을 수도 있을 것이다.

'우리는 싸운다. 고로 가족이다.'

가족은 서로 아끼고 사랑하는 마음이 커서 사소한 것으로도 신경이 곤두선다. 작은 표정 변화에도 마음에 들지 않는지, 불편한지 등을 걱정하기 때문이다.

우리 가족도 각자 여행 취향이 다르다. 그래서 가족끼리 여행을 갈 때면 엄마와 동생의 의견을 전적으로 따른다. 엄마와 동생에게 12명이 함께 생활하는 도미토리(dormitory, 공동 침실)에서 자면서 석 달간 여행하자고 하면 절대로 가지 않는다고 할 뿐만 아니라 어쩔 수 없이 왔다 해도 힘들어 할 게 뻔하기 때문이다.

아빠와 나 사이에도 여행의 취향이 완전히 같지는 않기 때문에 이번 여행에서도 서로 포기할 것은 과감히 포기했다. 유럽을 여행하고 싶어 하는 아빠를 위해 내가 가고 싶었던 남미나 아프리카를 뒤로 미루고, 이왕이면 아빠가 좋아할 만한 도시들 위주로 스케줄을 짰다. 아빠도 어떤 부분에서는 마찬가지일 것이다. 일찍 일어나 요리하고, 딸의 배낭에 무거운 것이 있으면 자신의 가방에 더 집어넣듯이.

어쩌면 가족여행이란 내가 하고 싶은 것을 내려놓고 상대방이 하고 싶은 것을 함께 하는 것이 아닐까?

우리는 7년차 여행 콤비다. 하지만 여행 스케줄에 싸우는 시간이 따로 있을 정도로 여전히 많이 싸운다. 어떤 싸움은 지금 당장 집으로 돌아가겠다고 할 만큼 심각할 때도 있었다. 그래도 괜찮다. 싸움 후에 우리가 지키는 룰이 있으니까.

누군가 먼저 미안하다고 손을 내밀면 모른 척 잡아주기.
그리고 빨리 잊기.

로마는 휴일

***

드디어 로마다! 우리는 로마법이 무엇이든지 따를 준비가 되어 있었다. 아빠와 나는 로마가 배경인 고전영화도 몇 번이나 돌려보면서 로마와의 첫 만남을 몹시 기대했다. 하지만 우리를 맞이한 로마는 소개팅 상대에게 잘 보이려고 오버해서 분위기를 망친 숙맥처럼 굴었다. 날씨는 사람을 태워죽일 정도로 뜨겁거나, 그렇지 않으면 폭풍을 동반한 비를 뿌려댔다.

그래도 우리는 로마가 좋았다. 로마에게 예쁘게 보이기 위해 모자도 사서 쓰기로 했다. 모자를 쓰는 일은, 아빠로서는 굉장한 용기가 필요한 일이다. 아빠는 빛나는 뒤통수를 감출 모자가 있으면 좋겠다고 생각했지만, 군대에서 아빠의 큰 머리에 맞는 군모를 구하느라 애를 먹은 후 모자를 찾는 일은 엄두도 내지 못했다고 했다.

자신에게 어울리는 모자를 찾아다니는 아빠의 모습이 매우 진지하다. 보물찾기하듯 길거리 리어카마다 진열되어 있는 밀짚모자들을 구경하더니, 모자 하나를 손으로 가리키면서 멋쩍은 웃음을 지어보였다. '머리에 맞지 않으면 어쩌지' 하는 아빠의 고민이 무색할 정도로 모자는 정말 딱 맞았다. 장사를 할 줄 아는 모자가게 주인은 이때를 놓치지 않고 거울을 꺼내어 아빠에게 보여주면서 박수를 쳤다.

우리는 밀짚모자를 하나씩 쓰고 로마의 길거리를 걸었다. 더 좋은 모자를 사주지 못한 것이 못내 마음에 걸려서 다음에는 명품 모자를 사주겠다고 하자 아빠가 웃는다.

"명품이 뭐 별거 있나? 쓰는 사람이 귀하게 여기고 쓰면 그게 명품이지."

여행하는 동안 기른 수염과 선글라스, 그리고 모자가 어우러져 아빠가 영화 '대부'의 알파치노보다 더 멋있어 보였다. 모자로 패션 자신감이 상승한 아빠와 나는 상점에서 무료로 나눠주는 향수까지 뿌리고 로마와 만나기로 한 데이트 장소에 나갔다. 그런데 상상 속에서 화려하게 빛났던 명품 여행지 로마는 보면 볼수록 시시해졌다.

웅장한 감동을 기대했던 콜로세움은 전 세계의 신랑 신부와 사진 작가들의 웨딩 스튜디오로 전락했고, 그들은 웨딩사진 찍기에 열중이었다. 콜로세움을 배경으로 찍는 사진이 일생에 한 번뿐이라는 사실은 우리도 마찬가지였다. 하지만 그들이 사진 찍기 좋은 자리를 모두 차지하고 있었기 때문에 원하는 사진을 찍는 것은 어려웠다. 게다가 길을 지나가다가 사진을 방해라도 하면 온갖 인상을 쓰며 얼른 비키라고 삿대질까지 했다. 그럴 때면 나는 슬그머니 카메라 앵글 앞으로 걸어가 못 알아들은 척 얼쩡거리며 소심하게 복수했다.

거짓말을 하면 손이 잘려나간다는 진실의 입에 손을 넣어보려고 줄을 섰을 때는, 여행사의 단체 손님이 몰려와 우리가 기다리고 있던 줄 앞으로 새치기를 했다. 당황스런 제스처를 취해도 경비원은 사진을 찍는 사람들에게 플래시를 터트리지 말라고만 할 뿐 아무런 조치도 취하지 않았다. 나는 전설 속의 진실의 입이 살아나서 경비원과 새치기한 사람들의 엉덩이를 깨물어줬으면 좋겠다고 생각했지만, 안타깝게도 그런 일은 일어나지 않았다.

오드리 헵번과 그레고리 펙이 처음 만난 장소인 '포로 로마노'에서는 뙤약볕에 나가는 길을 찾지 못해 헤매기도 했다. 그러다 더위를 먹어서 쓰러질 즈음 천둥과 번개를 동반한 비까지 내렸다.

로마의 횡포(?)는 여기서 끝나지 않았다. 가장 기대했던 트레비 분수를 보러 가는 길은 교통신호를 무시하는 이탈리아 운전자들 때문에 초록불의 횡단보도에서도 바들바들 떨면서 건너야만 했다. 하지만 생명의 위협을 받으며 겨우 도착한 장소에는 트레비 분수의 사진이 인쇄된 비에 젖은 현수막만 바람에 펄럭이고 있었다.

'세상에! 로마까지 왔는데 트레비 분수에 동전을 던지지 못하다니!'

일부러 가게에서 잔돈을 만들어왔는데 아무 소용이 없었다. 우리는 주머니에서 동전을 만지작거리며 '공사중' 팻말을 한동안 노려보았다.

영화 '로마의 휴일'에서 오드리 헵번이 아이스크림을 먹던 스페인 광장으로 향하면서 아쉬움을 달래보려고 했지만, 이번에는 바람이 심해 거리의 쓰레기가 얼굴을 때렸고 소나기까지 합세했다. 덕분에 1년 365일 수많은 관광객으로 앉을 곳이 없다는 스페인 광장은 한산했다.

로마 여행에 의욕을 완전히 잃은 우리는 로마 지도를 계단에 깔고 앉아 비에 젖은 서로의 모습을 쳐다보며 웃었다. 이런 우리의 모습이 세상에서 가장 한가해 보였는지 지나가던 여행객들은 굳이 우리 앞까지 와서 사진을 찍어달라고 요청했다. 우리는 그길로 뒷골목의 허름한 선술집을 찾았다. 그리고 로마에 대한 사랑의 감정을 독한 술 한 잔으로 깨끗이 털어냈다.

로마의 비와 바람을 꿋꿋이 견뎌낸 밀짚모자는 아빠와 나의 머리에 찰싹 매달려 다른 도시를 좀 더 여행한 후 한국으로 무사히 돌아왔고, 여행 분위기를 내고 싶은 날의 외출 아이템 1호가 되었다. 언젠가 다시 이 모자를 쓰고 로마에 갈 일이 있을까? 만약 가지 못한다면 트레비 분수에 동전을 던지지 못했기 때문이다. 절대로 로마가 별로여서가 아니다.

행복한 노숙자

***

베네치아 산타 루치아 역에서 로마로 가는 기차를 기다리고 있다.
역사 바닥에 퍼질러 앉아 신발을 벗어놓고 배낭에 기대어 비스듬히
드러누운 부녀의 몰골이 영락없는 노숙자 꼴이다.

"아빠, 우리 노숙자 같다. 부녀 노숙자."
"그래, 우린 행복한 노숙자야."

부녀는 이빨을 드러내고 서로 겸연쩍게 웃는다.

'참 희한한 족속도 다 있다. 흔한 땅 다 두고 바다모래펄 위에 도시를 세우다니.'

사실 오래전부터 이곳에 오기를 바랐다. 영화나 소설, TV를 통해 본 모습에 내 상상력이 더해져 내 마음속의 베네치아는 언제나 중세 모습 그대로인 채, 전대(纏帶)를 찬 샤일록과 유부녀를 유혹하는 카사노바가 그대로 활보하고 있다.

이름도 친숙한 산타 루치아 역을 빠져나오면 청동색의 둥근 모자를 쓴 산 시메오네 피콜로 성당이 여행객을 반긴다. 물길 위로 수상버스인 바포레토가 쉼 없이 오가고 파스텔톤의 알록달록한 사각형 건물들이 6월의 햇살 아래 찰랑인다.

여기는 물의 도시 베네치아.

베네치아 여행은 바포레토 승선권을 구입하면서부터 시작된다. 차례가 오기만을 기다리는 내내 묘한 흥분과 기대감으로 가슴이 설렌다. 먼저 산 마르코 광장으로 가본다. 광장으로 가는 길에는 그 옛날 죄수들이 감옥으로 가기 위해 건넜던 '탄식의 다리'가 보이는 좁은 수로가 있다. 다리 아래로 베니스의 상징인 곤돌라가 지나가기만을 기다리며 사진 찍는 자세를 취하고 있는 관광객들의 모습이 꽤나 진지하다.

***

'ㄷ'자형의 긴 회랑이 끝없이 펼쳐진 산 마르코 광장에는 각양각
색의 수많은 여행객으로 북새통을 이룬다. 모양과 색깔이 서로 다른
삼각 깃발을 머리 위로 힘껏 치켜든 가이드들의 지휘에 따라 일사분
란하게 움직이는 여행객들의 모습이 마치 중세 유럽의 전쟁터를 보
는 것 같기도 하다.

산 마르코 광장에서 리알토 다리로 가려면 미로처럼 좁은 골목을
지나야 한다. 자세히 보면 벽면 어딘가에 다리로 가는 표식이 있지
만, 골목의 정취에 빠져 잠깐 한눈이라도 팔면 길을 잃어버리기 십
상이다. 그러나 길을 잃어도 걱정할 필요 없다. 30분쯤 헤매다 보면
리알토 다리가 보이거나, 다시 산 마르코 광장에 있는 자신을 발견
할 테니까. 그동안 골목을 따라 보석처럼 박힌 예쁜 가게에서 자신
과 가족을 위한 선물을 고르거나, 달고 부드러운 젤라토를 먹어보는
쏠쏠한 재미를 느낄 수도 있다.

***

그랑데 운하를 가로질러 그 유명한 리알토 다리가 있다. 영화 '007 카지노 로얄'의 추격 신에서 보았던 그 다리다. 다리가 빤히 보이는 물가 선착장에 앉아 아직 남은 젤라토를 핥으며 오가는 배를 향해 손을 흔들어주거나, 모르는 이들의 사진 모델이 되어 주는 작은 기쁨도 누릴 수 있다. 그리고 다리 위에 올라 수많은 배들이 오가는 운하를 바라보며 저녁노을을 듬뿍 머금은 베네치아를 감상해 본다.

다리를 건너면 물가를 따라 노천카페가 쭉 늘어서 있다. 흰 셔츠에 검은 머리카락과 살포시 나온 턱수염이 정말 잘 어울리는 이탈리안 웨이터를 곁눈질하면서 포도주와 바칼라 만테카토(Baccala Mantecato, 베네치아 전통 대구요리)를 맛보는 호사도 누릴 수 있다.

운하를 오른쪽에 두고 조금만 더 올라가면 값싼 칵테일바가 있는 베네치아에서는 보기 드문 넓은 공간이 나타난다. 바닷물이 가끔씩 찔끔 올라오는 나무마루가 깔린 물가에 아무렇지도 않게 퍼질러 앉아 칵테일 한 잔을 들고, 배를 타고 오가는 모든 이에게 세상에서 가장 따듯한 건배를 제의한다.

"이 순간의 행복을 위하여!"

어둠이 내린 산 마르코 광장은 클래식 신율로 가득하다.

괴테가 단골로 드나들었다는 카페 플로리안에 앉아 중년의 남성들
이 연주하는 현악 연주를 들으며 고상해지는 척해 보는 재미도 있다.

숙소로 돌아오는 길, 물 위에 찰랑이는 베네치아의 야경을 가슴에 담으며 곁에 있는 슬기의 손을 잡고 이렇게 속삭였다.

"지금 내 곁에 있어주어 고마워."

아마도 이 순간은 세월이 흐를수록 무지갯빛 아름다움이 되어 온 마음을 따뜻하게 해 줄 것이다.

고마워, 베네치아! 사랑해, 슬기!

사는 맛

***

"그 옷 그만 좀 입어요."

며칠 동안 같은 옷만 입은 사진을 아내에게 보냈더니, 이런 남편이 딱해 보였는지 다른 옷도 좀 입으라고 한다. 반소매 상의가 딱 두 벌 있어서 늘 번갈아 입었는데, 하나는 세탁을 하지 못해 배낭 깊숙이 비닐에 싸인 채였고, 그나마 냄새가 좀 덜 나는 것을 밤낮으로 입고 다녔다. 사실 내가 봐도 좀 창피했다.

처음 집을 나설 때는 가방이 터지도록 옷을 챙겼다. 그러나 산티아고 순례길을 걷기 전, '짐의 무게가 곧 인생의 무게'라는 '진리의 가르침'에 따라 최소한의 것만 남겨두고 짐은 모두 한국으로 부쳐버렸다. 덕분에 인생의 무게는 가벼워졌지만 몰골은 점점 상거지가 되어가고 있었다.

배낭여행의 애로사항 중 하나는 빨래하기가 쉽지 않다는 것이다. 작은 게스트하우스에는 겨우 몸만 누울 정도의 공간만 있어 옷을 말릴 마땅한 곳이 없는 데다가 잦은 이동으로 빨래할 시간이 부족하기 때문이다.

길을 걷다보면 배낭 뒤에 젖은 팬티를 마치 국기처럼 매달고 다니면서 말리는 서양인 처녀들을 심심찮게 볼 수 있다. 나도 그렇게 하고 싶지만 내공이 부족한지, 아니면 나이 탓인지 엄두조차 못 낸다.

나야 그렇다 쳐도 딸의 몰골도 애비 못지않다. 특히 한국에서 온 다른 여행객들과 비교해 보면 영락없는 거지꼴이다. 그래서 한국인 여행객이 저만큼에서 보일라치면 가급적 돌아가거나 잠깐 숨었다 가자면서 딸의 손을 끌기도 했다. 그러면 딸은 나를 놀렸다.

"아빠, 혹시 옛날 애인 만날까봐 그래?"

피렌체의 시뇨리아 광장을 걷다가 딸이 내 팔을 잡고 옷가게로 들어갔다. 그리고 셔츠 몇 장을 집어와 일일이 내 몸에 대보면서 묻는다.

"이건 어때? 마음에 들어?"

사실 여행 떠나기 전에는 딸의 이런 모습을 상상조차 하지 못 했다. 자식하고 여행하면 덤으로 자식의 새로운 모습도 알 수 있다.

청색 티셔츠를 입은 거울 속의 한 사내가 환하게 웃고 있다.

나는 오늘 세상에서 가장 행복한 아빠가 되었다.

이런 딸을 낳아준 아내에게 사랑의 마음을 담은 수십 개의 이모티콘을 보냈다.

이런 게 사는 맛 아닐까?

돈이 신일까?

***

6월의 태양은 뜨겁다. 바티칸 박물관에 들어가기 위한 긴 줄이 끝없이 이어졌다. 마치 고난의 행렬 같다.

정말 이해할 수 없던 건 기본 입장료 외에 4유로만 더 내면, 뙤약볕 속에 줄을 서는 고생을 하지 않고도 곧바로 입장할 수 있다는 사실이다. 스페인 바르셀로나의 사그라다 파밀리아 성당에 들어갈 때도 그랬다. 성 베드로 대성당의 꼭대기, 쿠폴라도 걸어서 올라가면 5유로, 엘리베이터로 가면 7유로다.

돈이 신일까?
신은 이를 알고 있을까?

왠지 기분이 씁쓸하다.

딸을 위한 기도

***

유럽에는 성당이 많아 기도하기 참 좋다.

딸에게 감내할 수 있는 어려움만 주소서.
혹시 이겨낼 수 없는 어려움을 주시려면,
버틸 수 있는 지혜도 함께 주시옵소서.

삐뚝삐뚝

***

체코 프라하의 어느 한인 민박. 들어가는 순간 아차 싶었다. 해가 중천에 떠있는데, 벌써부터 술을 마시고 있었다. 나는 여행지에서 밤새도록 떠들고 술 마시는 것을 좋아하지 않기 때문에 곧바로 떠나고 싶었지만, 아빠는 생각이 달랐다. 오랜만에 취해볼 수 있겠다면서 내심 좋아하는 표정이다.

'그래, 하루쯤은 이런 날도 있어야지.'

숙소를 다른 곳으로 옮기려다가 아빠가 원하는 대로 하기로 했다.

숙소에 모인 사람들의 술에 대한 애정은 대단했다. 누군가가 끊임없이 사오는 술을 시간차 공격으로 동을 내더니 또 다른 누군가가 "밖으로 나가서 더 마시자."고 하는 말에 다들 옷을 챙겨 입고 나갈 채비를 한다.

"자정이 넘었는데 진짜 나갈 거야?"

걱정스럽게 물어봐도 이미 취해버린 아빠는 무리의 맨 앞에서 가장 신난 얼굴로 얼른 가자고 난리다.

결국 나만 숙소에 덩그러니 남았다. 잠을 자려다 걱정이 되어 책을 읽고, 일기를 쓰면서 아빠를 기다렸다. 아빠가 늦게 들어오는 날에는 잠을 제대로 못 잔다고 했던 엄마의 얼굴이 떠올랐다. 새벽 3시. 졸린 것을 꾹 참고 있는 데 익숙한 번호로 전화가 걸려왔다.

"딸, 아빠는 똑바로 걷는데 삐뚝삐뚝한 세상이 나를 자꾸 넘어뜨리네? 숙소 앞인데 잠시 나올래?"

밖으로 나가니 아빠가 땅을 발로 차며 걸어오고 있었다.

"으이그~ 술 냄새! 왜 이렇게 많이 마셨어?"

핀잔을 줘도 아빠는 헤죽헤죽 웃더니 바닥에 풀썩 주저앉아 내게 말했다. 아빠는 웃고 있지만 어딘가 서글퍼보였다.

"딸, 아빠가 정말 젊고, 눈도 크고, 머리숱도 검고 많았는데, 어느 날 아침에 거울을 보니 그 청년은 어디 가고 다 늙은 영감 하나가 날 쳐다보고 있더라."

나는 가슴이 아팠지만 아빠의 등을 때리며 정신 좀 차리라고 나무라는 것 밖에는 할 수 있는 것이 없었다. 지나간 세월을 내가 되돌려 줄 수도 없고, 삐뚝삐뚝한 세상을 내가 차버릴 수도 없었다. 나는 아빠의 팔을 내 어깨에 올리고 삐뚝삐뚝한 길을 발로 차며 삐뚝삐뚝하게 걸어보았다. 이렇게라도 걸으면 길이 조금은 곧게 보일까 해서.

새로운 자유

***

혼자인 여행이 좋다. 그것이 자유롭다.
아빠의 술병으로 나는 자유를 찾았다.
아빠는 이상한 존재다.
같이 있을 땐 날 귀찮게 하고
같이 없을 땐 날 심심하게 한다.

혼자 걷는 프라하, 혼자 맛보는 프라하 요리.
이것 봐! 멋있지?
이것 먹어봐! 맛있지?
공유되지 않는 감동은 금세 사그라졌다.

혼자인 여행이 좋았다. 그것이 자유로웠다.
술병을 극복한 아빠에게 나의 자유를 반납했다.

같이 걷는 프라하, 같이 맛보는 프라하 요리.
시시한 장면도, 시시한 음식도
시시덕거리는 장난꾸러기 둘의 대화에서 다시 태어났다.

나는 자유를 반납하고 새로운 자유를 찾았다.

그날 밤의 Jazz

***

여행을 하다 보면 지금 살아있음을, 그리고 앞을 볼 수 있는 두 눈이 있음을 감사하는 시간이 찾아온다. 그 시간은 완벽한 아름다움 속에 내가 머물고 있음을 느낄 때다. 오늘 밤, 지금 이 시간이 바로 그 순간이다.

비셰흐라드 공원에서 펼쳐지는 광경. 블타바 강과 프라하 성, 그리고 하나둘씩 불을 밝히는 프라하의 도시 위로 분홍빛 하늘이 시시각각 색깔을 바꾼다.

내일이면 또다시 이 광경을 볼 수 있을까? 도시의 풍경은 비슷하겠지만, 이 온도와 습도, 바람과 향기, 하늘의 색깔이 완벽한 조화를 이루었을 때, 그리고 가장 중요한 변수인 내 마음이 이 모든 광경을 받아드릴 준비가 되어 있을 때야 비로소 지금처럼 아름다운 장면을 목격할 수 있을 것이다. 그렇기 때문에 나는 하던 것을 모두 멈추고 숨죽여 지금 이 순간을 온 마음으로 느끼기로 했다.

완벽히 아름다운 순간은 사람마다 다른가 보다. 상기된 표정으로 아빠를 부르니 "다 봤으면 이제 갈까?" 하고 일어난다. 어땠냐고 물으니, "응, 예쁘던데?"라는 말이 전부다. 척박한 땅에 삶의 터전을 가꾸는 사람들의 모습에 아빠가 감탄하고 탄성을 지르며 아름답다고 이야기할 때 "응, 그런가?"라고 했던 내 반응과 비슷하다.

뜨뜻미지근한 아빠의 반응에 어깨를 으쓱하고는 공원의 계단을 따라 내려갔다. 계단 위에는 사진작가가 프라하의 야경을 담기 위해 열심히 셔터를 누르고 있었다. 아빠는 매번 사진을 찍는다고 잠시만을 외치던 내가 사진을 한 장도 찍지 않자 의아해하며 물었다.

　"내가 본 장면은 사진으로 절대 표현하지 못했을 거야. 그리고 그 순간이 얼마나 짧은데. 두 눈으로 담기에도 시간이 부족해."

프라하의 밤거리를 걸었다. 아니, 헤맸다고 것이 더 정확한 표현일지도 모르겠다. 나는 술에 취한 사람처럼 천천히, 그리고 빠르게 앉아서 보이는 모든 것을 탐닉했다. 스쳐지나가는 아름다움을 붙잡고 싶었다.

아빠는 조금 떨어진 곳에서 내가 어디로 향하는지 지켜만 볼 뿐 어떤 간섭도 하지 않았다. 그러다 어느 재즈바를 발견했고, 그곳으로 빨려 들어갔다. 연주자들은 지금이 삶의 마지막 순간인 듯 미친 듯이 연주했다. 콘트라베이스, 색소폰, 드럼, 그리고 피아노……. 연주자들의 악기도 곧 녹아서 사라질 것처럼 움직였다. 그 순간이 너무 아름다워서 눈물이 났다. 눈물이 뜨거웠다. 나는 아름다움에 취했고 더욱 취하고 싶었다.

재즈 연주는 나를 한없이 작게 만들었고, 연주자의 즉흥 연주는 나를 감싸던 가면을 산산조각 내었다. 내가 아무것도 아님을 깨닫는 순간, 몸과 마음이 가벼워진다.

멀리서 본 내 인생은 미치도록 즉흥적인, 누구도 예측할 수 없는, 눈물나도록 아름다운 재즈였으면 좋겠다. 아무도 보지 못해도 괜찮다. 찰나의 '뜨거움'을 기억하는 심장이 남을 테니.

뜨거운 청춘이고 싶다

***

"딸, 언제 철들래?"

체코의 체스키크롬로프는 아이들의 천국이다. 장난감 가게도 많고, 뛰어놀 곳 투성이다. 풀밭에서 뛰어노는 강아지들을 쫓아 넘어지고, 뒹굴고, 소리 지르면서 달리는 내 모습을 보고 아빠가 소리내어 웃는다. 조신한 숙녀의 모습이나 결혼을 앞둔 아가씨의 모습은 찾아볼 수 없는 말괄량이 삐삐 같은 천방지축 서른 살 딸내미가 아빠 눈에는 아이처럼 보였나 보다.

"아빠, 세상은 어린아이의 눈으로 보고 어른의 지혜로 살아가야 한다고 생각해. 그래서 난 철 안 들 거야. 사실 아빠도 이런 나라서 좋잖아?"

"내 딸이지만 참 신기한 녀석이야. 어디서 온 거지?"

체스키크롬로프는 천천히 걸어도 두 시간 남짓 산책하면 마을 전체를 다 둘러볼 수 있다. 하지만 마을 곳곳이 예술적인 소품으로 장식되어 한 번 살아보고 싶다는 생각이 들 정도로 마음에 드는 마을이다. 우리는 마을이 한눈에 들어오는 언덕 위에 올라 구체적인 계획을 세우기도 했다.

"글을 쓰거나 창작할 일이 생기면 이곳에서 지내는 건 어떨까? 지독히 아이디어가 떠오르지 않아도 이곳에만 오면 샘솟을 것 같은데."

"저기 저 집은 어때? 위치도 좋고 집이 비어 있어서 저렴하게 빌릴 수 있지 않을까?"

그렇게 서로 맞장구를 치면서 이야기하다 보니 문득 이런 생각이 들어 피식 웃음이 나왔다.

'딸이 어디에서 왔겠어? 아빠가 쿵짝을 맞춰주니 이렇게 컸겠지.'

아빠는 왜 혼자만 웃느냐고, 같이 좀 알자고 묻는다.

"그냥~ 좋아서."

내 인생 최대의 난관이자 행운은 호기심이 많다는 것과, 누가 뭐라고 해도 '내가 하면 다를 수도 있지!' 하면서 직접 해 봐야 직성이 풀린다는 것이다. 그런데 이 모든 것이 "한 번 해 봐. 혹시 알아? 그 과정이 인생의 또 다른 열쇠를 줄지."라는 아빠의 말과 맞부딪쳐서 스파크가 일어나 생긴 일 같았다. 나는 일어나서 두 손을 번쩍 들고 마을을 향해, 그리고 아빠를 향해 외쳤다.

"죽는 순간에도 뜨거운 청춘이고 싶다."

점점 선명해진다
점점 명확해진다
점점 뚜렷해진다

나를 사용하면 할수록
나를 들여다보면 볼수록
나도 놀랄만한 내가 기다리고 있다

신비한 존재

***

살면서 자식과 함께 할 수 있는 시간은 얼마나 될까?

우린 자식에 대해 얼마나 알고 있을까?

내가 만들고 키워서 잘 알고 있는 것 같은데도 모르는 것 투성이다.

여행을 하면서 24시간 같이 붙어 다니다 보면, 마치 현미경으로 그 사물이 가진 고유한 본질을 보는 것처럼 자식의 내면을 볼 수 있는 기회가 많이 생긴다. 그러면서 유전체 지도처럼 원초적 나의 유전자를 볼 수도 있다.

'이런 면이 있었구나.'

'나의 유전자에 이런 것들도 있었나?'

보면 볼수록 자식은 참 신비한 존재이다.

빛의 향연

***

프라하 성과 블타바 강이 한눈에 내려다보이는 레트나 공원에서 일몰과 함께 찾아오는 빛의 향연을 만끽하고 있다. 저만큼 돌담 위에 걸터앉은 딸은 경치에 흠뻑 빠져들었는지 미동도 하지 않고 숨소리조차 들리지 않는다.

유럽 여행 중 가장 아름다운 도시를 고르라면 나는 당연히 '프라하'라고 말하겠다. 바로크, 비잔틴, 로코코 양식의 건물들이 도시의 스카이라인을 가득 메운 프라하는 중세의 모습을 가장 잘 간직하고 있어 마치 과거로 시간 여행을 하는 것 같다.

프라하에 도착한 첫날, 민박집 주인이 알려준 야경 감상 최고의 포인트인 레트나 공원으로 가는 도중 프라하의 매력에 그냥 푹 빠져 버렸다. 딸도 "아빠, 너무 예쁘지?"라며 몇 번이나 되풀이해서 감탄했는지 모른다.

주먹만 한 크기의 네모난 돌로 포장된 거리를 느릿하게 굽어 도는 전찻길을 따라가면, 세월의 흔적으로 가득한 건물들이 빛바랜 총천연색 필름처럼 흐릿하게 흘러간다. 동유럽 특유의 투박한 아름다움이 묻어나는 카페에서 사람들이 필스너(Pilsner)를 병째 마시는 모습이 그렇게 자연스러울 수가 없다. 저녁노을이 내리는 블타바 강변에는 서양 팝의 리듬에 몸을 맡긴 채 소박한 파티를 즐기고 있는 젊은 이들이 프라하의 모습을 더욱 풍성하게 만든다.

프라하는 걸어서 이틀이면 넉넉하게 돌아볼 수 있는 아주 매력적인 도시다. 격동기 체코의 기억을 오롯이 간직한 바츨라프 광장을 시작으로 재래시장을 거쳐 구시가지의 관문인 화약탑을 지나면, 책에서 배운 온갖 양식의 건축물이 한눈에 보이는 광장이 나온다. 이때부터 눈의 움직임이 빨라지고 가슴이 뛰기 시작한다.

'광장에서 펼쳐지는 갖가지 길거리 공연을 보기에도 바쁜데, 뭐부터 볼까?'

매시 정각이 가까워지면 천문시계 앞은 관광객들로 인산인해를 이룬다. 정각을 알리는 종소리가 울리면 인형들이 움직이기 시작한다. 그런데 그 시간이 너무 짧아 한눈을 판 관광객들의 탄식이 여기저기서 들리기도 한다. 약간의 돈을 지불하고 시계탑 꼭대기에 올라가면 프라하 시내를 조망하는 사치를 누려볼 수도 있다. 흰 구름이 흐르는 파란 하늘 아래 펼쳐지는 붉은색 지붕들이 그렇게 아름다울 수가 없다. 저만큼에서 프라하 성도 자신을 봐 달라고 애교를 부린다. 천문 시계를 보러 몰려든 사람들의 정수리를 보는 것은 덤으로 얻는 재미다.

크리스털 상점이 빼곡한 골목에 마음을 뺏겨 한동안 헤매다 보면, 그 유명한 카를 교가 프라하 성을 배경으로 마치 한 장의 그림엽서처럼 나타난다. 그 모습을 보고 있으면 내가 이 도시의 영원한 주인공이 된 것처럼 가슴이 벅차오른다. 다리 위에는 꽃보다 아름다운 사람들로 가득하다. 그 속에 서면 모두가 행복해진다. 세상에 이렇게 많은 사람에게 사랑받는 다리가 있을까?

다리 좌우로 늘어선 성자 상을 하나하나 손으로 만져보기도 하고, 수공예품을 늘어놓은 앙증맞은 가게도 구경하고, 흰 수염이 멋진 거리 악사의 음악에도 빠져보다가 가끔 중요한 숙제를 잊은 듯 프라하 성을 배경으로 사진도 찍어본다.

떨어지시 않는 빌길음을 뒤로 하고 다리를 건너 이제는 관광명소가
된 '존 레논의 벽'으로 가본다. 한때 구소련이 체코를 점령할 당시,
체코인들이 꿈꾸던 존 레논의 '이메진(Imagine)' 속 세상으로!

Imagine all the people living life in peace.
평화 속에서 살아가는 사람들을 상상해 봐요.

세월이 흘러 자유가 찾아온 이곳, 존 레논의 벽.
벽을 등지고 기타를 치며 노래를 부르는 무명가수가
찾는 이의 마음을 따뜻하게 해 준다.

***

프라하 성은 밤의 모습이 더 아름답다.
특히 해질녘 석양을 흠뻑 머금은 프라하 성이
블타바 강물에 반추되어 피어오르는 오색의 빛깔은
가슴 벅찬 감동으로 와 닿는다.

어둠이 내리는 골목을 되돌아 나오다 현악공연 포스트에 이끌려 들어가면, 어김없이 아주 오래된 교회가 공연의 무대가 된다. 악기 줄의 미세한 떨림까지도 생생하게 공명으로 전달되는 교회는, 성스러움까지 더해져서 신에 대한 감사함까지 함께 얻어갈 수 있다.

현악의 잔잔한 감동을 가슴에 품은 채, 은은한 조명이 실내를 가득 메운 멋진 레스토랑에 앉아, 육즙이 뚝뚝 흐르는 푸짐한 콜레뇨(koleno)에 차가운 흑맥주 한 잔을 곁들이면서, 따뜻한 피가 온몸을 따라 흐르는 아늑함도 느껴본다.

"그래, 여행은 이 맛으로 다녀."

아쉬움에 발길이 떨어지지 않으면, 늦은 밤 전차를 타고 차창 밖으로 빛이 유령처럼 물결치며 흘러가는 도심의 야경을 본다. 그리고 눈이 마주치는 모든 이에게 행복한 웃음을 보낸다.

아름다운 도시 프라하, 고마워!

나이 성별 불문,
우리는 친구

*****

　프라하의 한인 민박집은 정말 우연히 알게 되었다. 스위스에서 한국 음식과 술에 목말라 있을 때 프라하의 한인 민박집에 가면, 이것들을 마음껏 먹을 수 있다는 말을 듣고 그곳이 내가 찾던 바로 천국이구나 싶었다.

　프라하 중앙역 앞에 있는 민박집이었다. 인터넷에서는 좋은 평가와 절대로 가지 말라는 혹평이 극명하게 갈린 신기한 민박집이기도 하다. 거대한 나무문을 통과해 보일 듯 말 듯 한 초인종을 누르니, 노란색으로 머리를 염색한 중년의 사내가 슬리퍼를 끌고 나왔다. 너무 많이 들어서 늘 본 듯한 모습의 바로 그 유명한 주인장이었다. 늦은 오후의 프라하 구경을 나가는 우리 뒤로, "빨리 들어오세요. 오늘 저녁에 삼겹살 파티가 있어요. 물론 술도 곁들여서."라고 말하는데 그 목소리가 그렇게 정겹고 고마울 수가 없었다.

　'오늘 저녁은 그동안 먹고 마시지 못 했던 한을 풀리라.'

　샛밤에 눈이 어두워 그 아름답다는 프라하 야경도 제대로 눈에 들어오지 않았고, 대신 눈앞에 삼겹살만 어른거렸다. 혹시나 늦게 가면 삼겹살과 술이 동날지도 모른다는 불안감에 조바심을 떨다가 딸에게 잔소리를 바가지로 들었다. 하지만 그날만큼은 잔소리가 그리 나쁘게 들리지만은 않았다.

민박집 식당에서는 이미 자욱한 삼겹살 연기 속에 청춘남녀가 빼곡히 둘러앉아 파티가 무르익고 있었다. 주인장이 나를 챙기자 모두 일어나 인사를 건넸다. 나는 호기롭게 한마디를 내뱉고 술자리에 끼어들었다.

"여행 중에는 나이 성별 불문, 모두 친구입니다!"

'얼마만의 내 세상이야! 보드카에 삼겹살이 살살 녹는구나!'

딸은 나에게 눈총을 주다가, 내 옆구리를 쿡 찔러보다가, 아내가 이럴 때 항상 쓰는 "아침에 보자."라는 무서운 엄포를 놓다가, 마지막으로 "엄마가 왜 잔소리하는지 알겠다."는 말을 남기고는 먼저 들어가버렸다.

'야호! 이제 잔소리꾼도 없어졌겠다, 그동안 산전수전 공중전까지 섭렵한 주신인 내가 오늘 이 밤을 평정하리라.'

처음에는 달달한 체코 맥주와 두툼한 삼겹살로 살살 위장을 달래고, 나중에는 진하고 화끈한 보드카로 정신을 달래다가……, 그만 정신줄을 놓고 말았다.

결국 다음 날에는 아픈 머리와 위장을 부여잡고 아무도 없는 텅빈 민박집을 지켜야만 했다. 물론 주인장은 코빼기도 보이지 않았다. 내가 이 정도면 아마 주인장은 틀림없이 죽었을 것이다. 그런데 그보다 내가 딸에게 죽을 지경이었다. 그날 오후, 나는 딸에게 끌려 숙소를 옮겨야만 하는 징벌을 당했다.

주인장에게는 헝가리로 떠난다는 거짓말을 하고서……

내 인생 최초의 앨범

***

모차르트의 고향, 오스트리아 잘츠부르크에 오니 어렸을 적 기억이 난다. 아마도 어린 시절 추억의 향기가 우리를 이 도시로 이끌었을지도 모른다.

한때 우리 집에는 피아노가 두 대였다. 내가 청음이 좋다느니, 질대음감이라느니 했던 피아노 선생님의 말을 부모님이 철썩 같이 믿고 내게 피아노를 전공시키겠다고 과감하게 결정하면서 생긴 산물이었다. 이후 나는 오랫동안 피아노 건반을 뚱땅거렸지만, 피아노에 대한 관심이 식자 결국 그만둬버렸다. 돌이켜 보면 이런 결과는 집에 있던 클래식 거장들의 CD 때문이었던 것 같다.

클래식 거장들의 연주가 녹음된 앨범을 듣고 있으면 '내가 여기에서 뭔가 해 봐야지!'라는 생각이 도무지 들지 않았다. 두 눈이 스르르 감겼고, 목욕을 갓 끝낸 사람처럼 나른해졌다.

'그래, 이런 음악은 천재들이 연주하게 두는 것이 예의지. 역시 피아노는 그만두는 것이…….'

그 중에서 가장 좋아한 앨범은 하얀색 바탕에 우스꽝스러운 가발은 쓴 청년 모차르트의 피아노 협주곡 모음집이었다. 이 앨범은 부모님이 선물해 준 내 인생 최초의 음악 앨범이기도 했다.

"모차르트가 이곳에서 태어난 거야?"

모차르트의 생가에 도착했을 때 나는 깜짝 놀랐다. 이 집을 보려고 먼 곳에서 왔는데 무슨 이유에서인지 오늘은 문을 닫는다고 쓰여 있었다. 까치발로 서서 창문 틈으로 실내를 보려고 노력했지만 아무 것도 보이지 않았다. 하지만 잘츠부르크 거리를 구경하다 보니 생가를 보지 못한 아쉬움이 사라졌다. 모차르트 초콜릿, 모차르트 인형, 모차르트 동상. 이 도시에 그가 없었다면 어떤 모습일지 걱정이 될 정도로 거리가 온통 모차르트이다.

"모차르트는 죽기 직전까지도 레퀴엠을 작곡하느라 쉬지 못했다고 하던데, 천재는 죽어서도 바빠야만 하는 운명인가 봐."

아빠가 던지는 농담에 나도 응대했다.

"우린 유명하지 않아서 다행이야. 아빠랑 내 얼굴이 초콜릿으로 나온다고 생각해 봐. 그런데 모차르트도 그건 싫겠다."

할 일을 잃은 우리는 동네를 헤매다 잘츠부르크가 한눈에 보이는 호엔잘츠부르크 성에서 맥주를 마시는 것으로 하루를 마무리했다.

그런데 부모님이 내게 처음으로 선물한 음악 앨범이 클래식이 아니라 팝이었다면? 만약 클래식 피아노 대신 작곡을 공부해 보라고 했다면 내 인생이 바뀌었을까? 술기운 때문인가, 괜스레 궁금해졌다.

입석 발레 공연

***

비엔나의 국립 오페라하우스에서 생소한 발레 공연을 보게 된 건 정말 우연이었다. 가랑비가 부슬부슬 내리는 초저녁의 캐른트너 거리에서, 우리 부녀는 특유의 트레이드마크인 꼬질꼬질한 반소매 티와 슬리퍼를 신고 거닐고 있었다.

모차르트로 도배를 한 초콜릿 가게도 들러보고, 비엔나의 랜드마크인 슈테판 대성당에 들어가 촛불을 밝힌 후 기도도 하고, 바로크 양식의 성 베드로 성당에서 예기치 않는 신부님의 축성도 받아보았다. 그 감동을 식히려고 카페에서 커피 한 잔을 주문해서 서로 번갈아 홀짝거리면서 걷다가 귀티가 잘잘 흐르는 고풍스런 건물 앞에 멈춰 섰다.

"이곳이 뭐하는 곳이지?"

언젠가 영화에서 보았던 그 유명한 국립 오페라하우스였다. 건물 전체를 감싸고도는 아름다운 불빛과 옷을 멋지게 차려입고 차례를 기다리는 사람들이 신비로운 조화를 이루고 있었다.

"비엔나에 하루밖에 머물지 못하는 미안함을 만회하려면, 오늘은 무슨 공연이든 꼭 봐야 해. 그래야 비엔나가 덜 섭섭해할 테니까."

라 실피드(La Sylphide). 난생 처음 들어보는 발레 공연이었다. 그런데 매표소에 가니 이미 '매진'되어 문이 닫혀 있었다. 들어가는 사람들을 부러운 눈으로 쳐다보다가 기둥과 벽화를 배경 삼아 사진을 찍고 있을 때였다. 딸이 안내원과 뭐라고 이야기하더니 어디론가 사라져버렸다. 그리고 잠시 후 만면에 미소를 띤 채 두 장의 표를 흔들면서 나타나는 것이 아닌가.

"아빠, 입석표야. 한 장에 3유로. 그런데 1부 끝나야 들어갈 수 있어."

"2부면 어때? 볼 수 있다는 게 중요하지."

1부가 끝난 후 약간의 휴식시간을 틈타 입석 칸이 있는 4층으로 올라가는데, 모든 사람들의 시선이 우리 부녀에게 쏠리고 있음을 느낄 수 있었다. 그제야 우리 복장이 이런 분위기에는 전혀 어울리지 않는다는 사실을 알아차렸다. 이럴 때는 모르는 척하는 게 최고다.

　우리는 4층의 가장 구석진 곳에서 몸을 비틀거나 발돋움하며 조금이라도 공연을 잘 보려고 안간힘을 쓰다가 공연이 끝나는 커튼이 내려지자마자 서둘러 극장을 빠져나왔다. 솔직히 또다시 우리의 모습을 저들에게 보이고 싶지 않았다.

　나중에 숙소에서 제공하는 공짜 맥주와 와인을 마시면서 딸에게 물어보았다.

　"입석표가 있다는 걸 어떻게 알았어?"

　"전혀 몰랐시. 내가 안내 아저씨에게 핸섬히다며 넉살을 좀 떨었더니 사무실로 데려가서 표를 주던데? 아마 우리 부녀의 모습이 불쌍해 보였나 봐."

이태리타월

***

"이러면 좀 하얘지겠지?"

형가리의 수도, 부다페스트의 세체니 온천은 목욕탕이라기보다 따뜻한 물이 담긴 수영장 같았다. 사람들은 대부분 반신욕을 하고 있는데, 우리 부녀는 짱뚱어처럼 눈만 물 밖으로 쏙 내밀고 있었다.

사실 엄마와 동생을 만날 날짜가 다가올수록 가족상봉에 대한 기대 때문에 여행은 흐지부지된 상태였다. 부다페스트에 온 것도 온천 이야기를 들었기 때문이었다. 꾀죄죄한 모습으로 마중을 나갔을 때 서로 못 알아보는 불상사가 일어나지 않도록 우리는 최선을 다해 씻기로 했다.

예전에도 공항에서 서로를 찾지 못한 사건이 있었다. 대학생 때 1년 동안 하와이에 머물다가 한국으로 돌아왔는데, 가족이 공항에서 나를 몰라보았던 것이다. '설마 저 사람이 우리 언니겠어?', '설마 내 딸이겠어?'라고 생각했는데, 그 사람이 바로 나였다. 아빠의 표현에 의하면 '까만 돼지새끼 한 마리가 걸어나오는 줄 알았다.'고 한다. 그도 그럴 것이 너무 잘 먹어 1년 만에 10킬로그램 이상 살이 쪘고, 선크림의 소중함을 모를 때여서 햇볕에 피부가 그대로 구워진 상태였다. 나도 거울을 볼 때마다 깜짝깜짝 놀랐기 때문에 가족들의 격한 반응에 충분히 공감할 수밖에 없었다.

탕 속에 너무 오래 있었는지 손바닥이 쪼글쪼글하다. 한국에서는 목욕탕에 가면 1시간 뒤에 입구에서 보자고 할 만큼 금방 씻고 나왔지만, 그 날은 정말 애를 많이 썼다. 혹시나 너무 깨끗해져서 서로를 몰라보는 불상사가 생길 수 있으니 몇 시에 어디에서 만나자라는 약속까지 정확히 한 뒤 각자 샤워실로 향했다.

하지만 걱정은 기우였다. 약속 장소에는 탕 속으로 들어가기 전의 아빠와 딸이 그대로 있었다. 어렸을 적 내가 목욕탕에서 때를 제대로 밀지 않고 집에 오면 엄마가 한눈에 알아차린 것이 항상 미스터리였는데, 이제는 그 이유를 알 것 같다.

오늘따라 한국의 노오란 이태리타월이 그립다.

아름다운 밤의 도시

***

　부다페스트는 밤이 아름다운 도시다. 낮과 밤이 교차하는 하늘에
는 흰 달이 떠 있다. 도나우 강을 가로지르는 세체니 다리 아래로 강
물을 헤적이며 스쳐가는 배 위에서 '아름답고 푸른 도나우 강'의 선
율이 들리는 듯하다.

　가운데 빨간색 돔을 중심으로 데칼코마니처럼 양옆이 똑같은 국
회의사당을 등지고 강둑에 앉아 석양을 맞이한다. 뾰쪽 내민 탑들이
아름다운 마차시 성당과 어부의 요새 위로 붉은 노을이 하늘 캔버스
에 신의 손을 빌려 빛의 그림을 그리려고 한다.

　도나우 강도 잠시 숨을 멈춘다.
　짧은 정적에 묘한 긴장감이 흐른다.

　드디어 빛의 향연이 시작된다. 하늘에서 시작된 불의 고리가 흰색
의 첨탑을 휘감아 돌면서 용트림을 하다가 화염을 안고 도나우 강의
물결 속으로 곤두박질친다. 사람들의 안타까운 탄성이 터져 나온다.
　하늘의 향연이 사라지고 어둠이 허공을 메우면, 수많은 이야기를
간직한 부다 왕궁이 조용히 땅의 불을 밝히면서 새로운 전설을 또
다시 잉태한다. 노란색 트램이 도나우 강을 따라 불빛을 뱀처럼 흘
려보내고 있다.

"언제 또 이곳에 올 수 있으려나?"
돌아오면서 아쉬움에 몇 번을 뒤돌아보았는지 모른다.
"미안해, 부다페스트. 하루밤에 머물지 못해서."

지구별 여행자

***

　새벽 5시, 크로아티아 자그레브의 게스트하우스. 창가로 희뿌연 빛도 새어 들어오지 않는 어둠 속에서 우리는 나갈 채비를 했다. 눈을 뜨고 짐을 꾸려 가방을 메고 밖으로 나서는 데 걸리는 시간 10분. 새로운 곳으로 떠나는 준비 과정이 익숙해진 만큼 집으로 돌아가야 할 시간이 가까이 다가옴을 느낀다.

　새벽 공기가 차다. 나는 잠에서 깨어나지 않으려고 눈을 반쯤 감은 채 아빠의 손이 이끄는 대로 걸었다. 이른 시간이라 사람들로 붐비던 기차역에는 문을 연 가게도 거의 없다. 낯선 기차역의 플랫폼에서 하얀 김이 나는 코코아차를 마시며 기차 문이 열리기를 기다렸다.

　좌석표에 적힌 번호를 따라가니 작은 방처럼 생긴 기차 칸이 나왔다. 좌석은 모두 여섯 개. 세 개씩 마주보고 좌석 옆에 문도 달려 있다. 이것을 본 아빠는 영화 '러브 오브 시베리아'에서 주인공 남녀가 만난 열차의 구조와 비슷하다면서 마치 러시아 횡단열차를 타는 것처럼 들떴다. 나는 주섬주섬 침낭을 꺼내 애벌레처럼 몸을 집어넣고는 아무도 타지 않으면 편하게 잘 수 있겠다고 좋아했다. 우리의 마지막 여행지인 크로아티아를 향한 기차가 철로를 부드럽게 미끄러져 나갔다.

오전 10시, 헝가리에서 크로아티아로 넘어가는 국경에서 기차가 멈추자 아빠는 나를 깨웠다. 눈이 부은 나를 보며 여권 사진과 대조하는 검표원에게 사진과 최대한 비슷한 표정을 지어 보였다.

'쿡, 쿡' 하면서 여권에 찍히는 도장소리가 마치 훈장을 받는 것처럼 기쁘다는 아빠는 여행 훈장으로 가득 찬 여권에 지금까지 어떤 나라의 도장이 더해졌는지 찾느라 바쁘다. 아빠의 손때 묻은 여권에는 이제 새 종이가 몇 장 남지 않았다.

기차는 한동안 같은 자리에 서 있었다. 아빠에게 기차에서 한숨도 자지 않았느냐고 물으니 아빠는 아이 같은 목소리로 대답한다.

"내 삶이 시작된 곳에서는 단 한 번도 만날 수 있을 거라고 상상하지 못했던 것들, 기적적으로 우연하게 마주친 작은 집들, 작은 풀들, 여기 사는 사람들. 그들에게 마음속으로 안부인사도 묻고, 이곳에서의 삶이 어떨지 상상도 해 보고. 아빠는 매순간이 너무나도 설레고 감사해."

지구별 여행자.

이 별명을 딱 한 사람에게 줄 수 있다면 나는 단연코 아빠에게 줄 것이다. 아빠의 여권이 여행 훈장으로 가득 채워지는 날, 아빠에게 임명장을 만들어드려야겠다. 어쩌면 이것은 아주 오래 전 우리가 세상에서 처음 만난 1985년의 그날, 이미 정해진 아빠와 나의 운명인지도 모른다.

애교에 대하여

***

아빠는 여행 중 가끔 나에게 엄마에게 보낸 메시지를 보여주거나, 엄마가 아빠에게 보낸 메시지를 읽어준다. 이유가 뭘까? 잉꼬부부임을 자랑하고 싶어서일까? 아니면 넘치는 애교를 보여주고 싶어서일까? 침대에 누워 꼼지락거리고 있는데 아빠가 나를 부르더니 휴대폰을 보여준다.

아뿔싸! 또다시 엄마와 아빠의 손발이 오그라드는 문자를 보고 말았다. 아빠는 신이 나서 래퍼처럼 리듬을 타며 옆에서 문자를 읽고, 휴대폰 화면에는 애교 가득한 단어와 함께 부끄러운 표정의 볼이 빨간 이모티콘이 뛰어놀고 있었다.

여보, 나.
당신, 남편.
침대에서 지금, 딩굴이.
당신은 온 우주를 통틀어 가장 이쁜 천사.

아무리 아빠와 내가 친해도 '사랑의 밀담' 정도는 둘이 비밀스럽게 나누라고 핀잔을 줘도 아빠는 뭐가 그리 좋은지 입이 귀에 걸렸다. 10대 소녀가 담임선생님의 첫사랑 이야기를 들을 때처럼 꺅꺅거리는 내 반응이 재미있어 그러는가 싶어 몇 번은 무덤덤하게 넘어갔지만, 그래도 아빠는 한결같았다. 자랑하고 싶은 것이 있으면 서슴없이 보여주고 읽어주는 것을 멈추지 않았다.

애교도 유전이거나 주변 사람에게 영향을 주고받는 건가? 엄마도, 아빠도, 동생도 애교가 참 많다. 엄마는 행동, 아빠는 말, 동생은 그냥 목소리부터 애교가 넘친다. 모두 서로에게 귀여움과 사랑스러움을 표현하려고 하니 나만이라도 집 안의 무게를 잡아야 할 것 같은 사명감이 느껴졌나 보다. 필요한 상황에서 제법 까불거리며 잘 노는 나도 집에만 들어오면 돌하르방처럼 무뚝뚝하게 앉아 가족의 수다를 물끄러미 쳐다보는 역할을 맡는다.

나는 언제쯤 집에서 넘치는 애교와 재롱을 보일 수 있을까?
엄마, 아빠, 동생은 언제까지 내가 무뚝뚝한 딸이라고 생각할까?

오늘에서야 밝혀요.
지금 저한테 속은 거예요.

두 장난꾸러기가 벌인
소동

***

　자연 그대로의 원시림과 햇빛의 양에 따라 변하는 호수의 색감, 플리트비체 호수 국립공원은 우리가 보고 있는 것이 과연 현실일까 볼을 꼬집어보고 싶을 정도로 완벽하게 아름다워서 어색해 보이기까지 했다. 너무 평화로워서 심심할 지경이었던 내 레이더에 재미있는 놀잇거리가 하나 들어왔다.

　호수 속 물고기들이 사람의 그림자가 물가에 비치면 헤엄치는 법을 잊었는지 화석처럼 움직임이 없다. 가까이 다가가 소리를 지르고 호수 면이 일렁이도록 바람도 불어봤지만, 역시나 그 자리에 있다. 이런 신기한 현상에 들떠 아빠에게 보여주면서 이곳 물고기들은 손으로도 잡을 수 있을 것 같다고 자신 있게 이야기했다. 아빠는 그런 바보 같은 물고기가 세상에 어디 있겠냐고 코웃음을 쳤다.

　우리는 플리트비체 호수의 아름다운 광경이 펼쳐지는 산책로를 걸으며 논쟁을 이어갔다. 물에 들어갈 수 없으니 대신 돌로 맞춰보겠다고 한 내 말에, 아빠는 그럴 일은 없을 거라며 길가에 있는 돌을 하나 집어 들었고, 결국 장난꾸러기 둘은 사고를 치고 말았다. 첨벙하는 소리와 함께 물고기 한 마리가 물 위로 붕 떠오른 것이다. 아빠는 너무 당황해서 귀까지 빨개졌고, 내 얼굴도 마찬가지였다. 다행스럽게도 물고기는 잠시 기절했는지 다시 물속으로 헤엄쳐 들어갔다.

태어나서 처음 겪은 일에 물고기들은 안전대책본부를 만드느라 한동안 바쁠 거라는 둥, 영문도 모르고 기절한 물고기는 무용담으로 호수 마을의 영웅이 될 거라는 둥 말도 안 되는 이야기를 하다 보니 어느새 플리트비체 호수 국립공원의 출구가 보였다.

그런데 아무리 생각해도 이상했다. 어릴 적 냇가에서 물고기를 잡고 놀았을 때는 한 번도 미안한 적이 없는데, 유독 플리트비체 호수에서 물고기를 기절시킨 일은 지금까지도 미안하다. 플리트비체 호수 국립공원의 초록 요정이 우리가 더 이상 장난치지 못하도록 마법의 가루를 뿌린 것이 분명하다. 이것 말고는 그 후로 오랫동안 물고기의 안위를 걱정하고 내 행동을 후회하는 것에 대해 설명할 길이 없다.

"물고기야, 미안해."

그녀들을 만나기
100미터 전

***

드디어 엄마와 동생을 만나는 날이다. 우리는 하루 먼저 두브로
브니크에 도착하여 만반의 준비를 했다. 예약해 놓은 숙소가 편한지
확인하고, 저녁 늦게 도착하는 엄마와 동생을 위해 공항 픽업 서비
스를 예약했다. 맛집을 검색해 두브로브니크를 돌아다니며 위치를
파악했고, 숙소에 오면 축하파티를 할 수 있도록 과일과 와인, 맥주
를 잔뜩 사서 냉장고를 채웠다. 그리고 아빠와 나, 이렇게 둘만 온다
면 절대로 하지 않을 '구체적인 계획'까지 세웠다.

어디에 갈지, 동선은 괜찮은지, 피곤하진 않을지, 기호에 맞을
지……. 뿐만 아니라 시차적응을 위해 낮잠 자는 시간까지 계산해
넣은 계획표를 만든 후에도 우리는 안절부절 못 했다. 안절부절못했
다. 아빠와 나는 계속 시계를 확인하며 장시간 비행이 처음인 엄마
를 걱정했고, 혹시라도 픽업 차량이 공항에 늦게 도착할까봐 픽업
회사로 두 번이나 전화해 시간을 앞당기기도 했다.

도착 3시간 전, 우리는 두 번이나 샤워를 한 후 가장 깨끗한 옷으
로 갈아입었다. 나는 가방 깊숙한 곳에서 마스크팩 두 장을 비밀무
기처럼 꺼내들었고, 아빠는 침대에 곱게 누워 내게 얼굴을 맡겼다.
팩을 하는 동안 아빠는 설레는 감정을 주체하지 못해 장난을 쳤고,

"때깔이 너무 좋아 보이면 안 된다."라는 이상한 고민을 했다. 신이 난 나도 아빠는 얼굴이 커서 팩으로 다 덮어지지 않으니 걱정하지 말라고 놀렸다. 이제 모든 준비가 끝났다. 아빠는 엄마가 싫어한다 며 여행하는 동안 기르던 수염을 깎았고, 남자 내음 물씬 풍기는 스 킨까지 두 뺨을 때려가며 바른 후 문 밖을 나섰다.

픽업 차를 타고 공항으로 가는 중, 아빠와 내가 공항으로 가는 것 을 모르는 엄마와 동생이 우리를 보면 얼마나 깜짝 놀랄까를 떠올리 자 얼굴에서 미소가 떠나지 않았다.

차창 안으로 아드리아 해안의 아름다운 노을이 쏟아져 들어왔다. 우리는 이 예쁜 장면을 엄마와 동생과 같이 보지 못 한다는 사실에 아쉬워하며 창 밖을 바라다보았다. 센스 있는 운전사는 시계를 보더 니 일찍 출발해서 1시간 정도 여유가 있다며 벤치가 있는 곳에 잠시 차를 세워주었다. 그곳에는 여행 중인 부부가 나란히 어깨를 기대어 앉아 노을을 감상하고 있었다. 평소 이런 모습을 부러워했던 아빠는 이제 곧 아내, 선정의 손을 잡고 길을 걸을 수 있다며 입이 귀에 걸 리도록 좋아했다.

사랑하는 사람을
맞이하는 법

***

아빠와 나는 로망이 있다. 남자 주인공이 공항에서 사랑하는 여자 주인공을 기다리며 서 있고, 입국 게이트가 열리는 순간 서로의 눈이 마주치자마자 손에 든 짐은 옆에 버려둔 채 뛰어가 안기는 장면 말이다. 오늘이 바로 그날이다.

'사랑하는 엄마! 내 동생!'
'여보! 우리 막둥이 반갑다!'

아빠와 나는 준비한 종이에 커다랗게 메시지를 적어 손에 들고 공항 입국 출입문 앞, '문 열리면 딱 보이는 그 자리'에 서서 엄마와 동생을 기다렸다. 비행기가 아직 도착하지 않은 것을 알지만, 우리는 미어캣처럼 입국 자동문이 열릴 때마다 차오르는 기대감에 나오는 사람들을 모두 쳐다보았다.

드디어 전광판에 비행기가 도착했다는 안내문이 표시되었고, 문이 열리자 저 멀리서 짐을 찾는 익숙한 뒷모습이 보였다. 아빠와 나는 우리를 봐달라고 텔레파시를 보내면서 손을 위로 뻗어 좌우로 크게 흔들었다.

텔레파시가 통했나 보다. 동생이 저 멀리서 손을 흔들고 옆에 있는 엄마도 함께 손을 흔든다. 아빠는 뜨거운 포옹 장면을 상상하는지 얼굴이 상기되어 있었다.

"여보오오!"

일주일 후면 한국에서 다시 만날 텐데, 평생 같이 살 건데 왜 그리도 반갑던지……. 아빠는 엄마가 피곤해 할까 봐 가까운 의자에 앉히고 비행이 힘들었다는 엄마의 귀여운 푸념을 들어주고 있다. 동생은 마치 이민 온 사람처럼 엄청난 짐을 끌고 나왔다. 왜 이렇게 많이 가져왔냐는 말에 열어보면 좋아할 거라며 웃는다. 극적인 가족상봉을 마치고 우리는 모두 차에 올라탔다. 숙소로 향하는 차 안이 재잘거림과 웃음소리로 가득하다.

"세상에!"

가방을 여는 순간, 한국의 마트를 크로아티아로 옮겨온 줄 알았다. 배추김치, 깍두기, 물김치, 묵은지 부대찌개, 낙지 젓갈, 양념깻잎, 불닭볶음면에 심지어 단무지까지. 한국에 가면 먹고 싶다고 아빠와 내가 엄마와 동생에게 전화와 문자로 이야기했던 음식이 모두 들어있었다. 동생은 피곤할 텐데도 오늘 저녁은 자신에게 맡기라며 팔을 걷어붙이고 음식을 만들기 시작했다. 도와줄 것 없나 기웃거리던 아빠와 나는 부엌에서 쫓겨나 동생이 부르기만을 기다렸다.

드디어 가족 모두 식탁에 둘러앉았다. 아빠는 오늘의 파티를 위해 준비해 둔 와인을 잔에 따르고 눈에 뭔가 들어간 것처럼 그렁그렁한 채로 건배사를 이야기했다.

"나의 아내, 우리 딸들 너무 고마워.
무사히 와줘서 고맙고, 함께 여행할 수 있어서 고마워.
나 같이 행복한 남자 있으면 나와보라고 해. 사랑해."

사랑하는 사람과 함께 먹는 정성 가득한 요리.
완벽한 밤.
이보다 더 좋을 순 없다.

부부의
뒷모습

***

행복의 기운이 온몸을 가득 채우는 순간이 있다. 이런 시간이 나를 찾아오면 눈을 감고 그 시간을 고이 접는다. 이 순간이 영원하도록 시간을 멈출 수 있는 능력이 내게 있으면 참 좋겠다. 하지만 그럴 수 없다는 것을 알기 때문에 원하는 때에 지금 이 순간을 펼쳐볼 수 있기를 염원하며 시간을 눈 속에, 마음속에 고이 접어넣는다.

사랑하는 가족, 아빠 규선, 엄마 선정, 동생 수미와 나.
우리가 함께 보냈던 크로아티아에서의 시간이 그러했다.
이 시간이 엄마와 아빠에게는 더 애틋하고 특별하게 느껴졌을 것이다.
검은 머리가 파뿌리가 되도록 사랑하고 있는 부부이자, 연인이니까.

오늘은 아빠가 유럽을 여행하는 동안 그토록 부러워하고 바라던 '사랑하는 아내와 유럽의 거리 데이트' 소원을 이루는 날이다. 사랑하면 서로의 마음을 알아챌 수 있나 보다. 서로의 텔레파시가 통했는지 엄마는 아빠와의 데이트를 위해 하늘색 커플룩을 준비해 왔다. 아드리아 해안의 진주 두브로브니크의 거리를 엄마와 아빠가 손을 잡고 다정하게 걷는다. 두 사람이 뿜는 사랑의 오로라는 대리석으로 만들어져 반들거리는 플라차 대로를 반사판 삼아 파스텔 색의 아지랑이를 피워냈다. 동생과 나는 발맞추어 걸어가는 두 사람의 뒷모습이 보기 좋아 한 발짝 떨어져 걸었다.

아빠의 어깨에 힘이 잔뜩 들어가 있다. 함께 여행할 때 나를 앞세우던 아빠는 엄마에게 멋있어 보이고 싶은지 직접 길을 묻고, 음식을 주문하고, 이곳에 오래 있었던 사람처럼 자연스럽게 대처했다. 그 모습이 마치 수컷 공작새가 암컷에게 구애하는 깃털 댄스 같아 보여서 웃음이 났다.

각자 되고 싶은 역할을 할 수 있도록 서로가 만들어 주는 것이 사랑인가? 엄마도 아빠의 어깨 뽕에 한몫했다. 엄마는 적절한 순간에 약한 척, 모르는 척을 하면서 아빠가 멋있어지는 순간을 많이 만들어주었다.

아드리아 해안과 두브로브니크의 구시가지가 한눈에 보이는 성벽의 계단을 오를 때 엄마는 히말라야 산도 한 번에 오를 만큼 강인한 체력을 가지고 있지만, 아빠 앞에만 가면 계단이 많아서 힘들다고 했다. 그러면 아빠는 즉시 엄마 손을 잡고 끌어줬다. 두브로브니크 섬을 투어하는 배에 탈 때 엄마는 왠지 무섭고 멀미가 나는 것 같다며 힘줄이 튀어나온 아빠의 팔에 의지했다.

이제는 더 이상 사진을 찍을 때 아빠에게 웃으라고 이야기할 필요가 없었다. 엄마와 함께 사진을 찍는 아빠의 얼굴은 세상에서 가장 맛있는 아이스크림을 발견했을 때보다 더 밝았다. 30년 넘게 본 마누라가 그리도 좋은지 사진기는 볼 생각도 않고 엄마를 바라보며 잇몸이 다 드러날 정도로 웃어서 사진기 속 엄마와 아빠는 온통 웃는 얼굴뿐이었다. 나는 그런 아빠와 엄마를 보며 닭살커플이라고 놀려대면서도 서로 아끼는 두 사람의 딸들로 태어난 것이 다행이라고 생각했다.

바닷가와 마주한 절벽 위에 자리 잡은
카페의 노을이 지는 풍경 속에
사랑하는 두 사람이 앉아 있다.

동생과 나는 조금 떨어져 앉아
분홍빛으로 물든 풍경을 바라보았다.

무엇이 더 아름다웠는지는 모르겠다.
아드리아 해안을 물들인 노을이었는지
바다와 하늘 사이의 푸른 달이었는지
서로가 서로를 바라보는 엄마 아빠의 눈빛이었는지

아픈 손가락

***

휴대폰을 열면 딸의 얼굴이 담긴 사진 밑에 '희망'이라는 나만 아는 애칭이 뜬다. 웃고 있는 딸의 얼굴을 손가락으로 톡 건드리면 휴대폰 번호와 함께 옛 직장 전화번호가 나타난다.

딸이 직장을 다닐 때 아주 가끔 조바심을 내면서 직장으로 전화를 걸면, "네! 안녕하세요? 이슬기입니다."라는 음성이 들릴 때 얼마나 가슴이 설레던지.

이제껏 지우지 못한 딸의 직장 전화번호를 보지 않으려 애써 외면해 보지만, 그럴수록 자꾸만 눈에 밟히는 주인 잃은 전화번호가 애처로와 가슴 한구석이 언제나 서늘하다.

자식은 늘 아픈 손가락이다.

영웅

***

"전생에 나라를 구했나 봐요."

딸과 함께 유럽 여행을 떠나는 나를 보고, 아내의 친구들이 부러움이 섞인 말투로 나에게 툭 던지는 말이다. 다 큰 딸하고 얼마나 친하면 저렇게 함께, 그것도 적지 않는 기간 동안 여행을 갈 수 있을까? 그러면서 자기들 신랑은 억만금을 줘도 못 할 것이라는 말도 함께 덧붙인다.

"맞아요! 나는 전생에 나라를 구해도 여럿 구했나 봐요."

마중

***

아내와 막내딸을 마중하러 간다.

살면서 이렇게 설레어 본 일이 몇 번이나 있을까?
이역만리 이곳 두브로브니크에서 사랑하는 가족을 만난다니!
오늘 우리 가족은 완전체가 된다.
딸도 좋은지 얼굴이 한껏 달떠 있다.
아드리아 해의 석양도 오늘따라 유난히 붉고 예쁘다.
아마도 내 마음을 꼭 그대로 닮은 것 같다.

'여보! 우리 막둥이 반갑다!'
'사랑하는 엄마, 내 동생!'
설렘을 가득 안고, 사랑을 담뿍 담아 쓴 종이를 가지고 간다.
공항 입국장 앞에서 긴 발돋움을 하면서
만남의 기쁨을 표현할 것이다.

세상에 가장 아름다운 모습을 선택하라고 하면, 나는 단연코 노부부가 석양을 등지고 서로 어깨를 맞대고 걷는 뒷모습을 선택할 것이다. 빛이 천 개의 거미줄이 되어 빚어내는 실루엣에는 노스탤지어와 함께 슬프면서도 묘한 아름다움이 배어 나온다.

내가 할 수 있는 세상의 모든 사랑하는 감정을 담아 아내의 손을 쥐고서, 석양이 내리는 두브로브니크의 고성을 함께 걷고 있다.

아내도 화답한다.

아드리아 해의 짙푸른 물결이 보이는 카페에 앉아
행복의 이야기를 나눈다.

아내가 내게 기대온다.
같은 방향을 향해 늙어갈 것이다.
살아 있음이 감사하다.
당신이 내 아내라서 참 고맙다.

사랑합니다.

시작한 것은
끝이 있다

***

여행의 끝자락, 시작한 것은 끝이 있다.
우리 인생도 그렇다.

런던에서 시작하여 발칸 반도의 크로아티아 두브로브니크까지.
아드리아 해의 아름다운 이곳 중세도시에서 여행의 끝을 맺는다.
어떤 곳은 숙제를 끝냈다는 홀가분함으로,
어떤 곳은 또 다시 오고 싶다는 아쉬움으로.
본 것만큼 보인다는 평범한 진리를 확인하고,
또 다른 일상을 꿈꾸며 이제 되돌아간다.

딸과 함께 토닥이며 걷고, 보고, 먹고 한 모든 것들이
아련한 그리움으로 남을 것이다.
그리고 세월이 흐를수록 그리움은 커져갈 것이다.

언젠가 딸이 내 나이가 되었을 때,
제 자식과 함께 우리가 여행한 이곳으로 왔으면 좋겠다.
그래서 내가 없는 먼 훗날에도
나를 한 번쯤 그리움으로 기억해줬으면 더 좋겠다.

고마워, 내 딸,
슬기야.

30대 딸과 60대 아빠, 7년 차 여행 콤비의 청춘 일기

아빠도 여행을 좋아해

2016. 12. 19. 1판 1쇄 인쇄
2016. 12. 23. 1판 1쇄 발행

저자와의
협의하에
인지생략

지은이 | 이규선, 이슬기
펴낸이 | 이종춘
펴낸곳 | **BM** 주식회사 **성안당**

주소 | 04032 서울시 마포구 양화로 127 첨단빌딩 5층(출판기획 R&D 센터)
     | 10881 경기도 파주시 문발로 112 출판문화정보산업단지(제작 및 물류)
전화 | 02) 3142-0036
     | 031) 950-6300
팩스 | 031) 955-0510
등록 | 1973. 2. 1. 제406-2005-000046호
출판사 홈페이지 | **www.cyber.co.kr**
ISBN | 978-89-315-8008-2 (03810)
정가 | **15,800원**

이 책을 만든 사람들
책임 | 최옥현
기획·진행 | 박종훈
표지·본문 디자인 | 앤미디어
홍보 | 박연주
국제부 | 이신민, 조혜란, 고운채, 김해영, 김필호
마케팅 | 구본철, 차정욱, 나진호, 이동후, 강호묵
제작 | 김유석